Mitsuba's
Postman4

Onodera
Fuminori

contents

小野寺史宜

# みつばの郵便屋さん

Mitsuba's Postman

Onodera Fuminori

## 幸せの公園

# かもめが呼んだもの

普段、局長を意識することはあまりない。ここみつば局のように規模が大きな局では、その顔を一度も見ない日も多い。朝礼が部署ごとに行われることもあり、接点がないのだ。

でも四月二日月曜、今日は別。

「おはようございます。本日着任しました局長のカワダキミオです。蜜葉(みつば)川の川に田畑の田に君や僕の君に雄や雌の雄で、川田君雄。皆さん出発前ということで、手短にごあいさつをさせていただきます。ご存知のとおり、郵便を取り巻く状況は厳しいです。決して楽観はできません。一方で、わたしは郵便の未来に期待してもいます。人が人に何かを送る。届ける。その行為自体がなくなることはないはずです。未来を見つつ、現在もしっかり見て、仕事にあたっていきましょう。郵便の未来同様、皆さんにも、大いに期待しています。どうかよろしくお願いします」

川田局長が頭を下げると、パチパチと拍手が起きた。僕も拍手をした。あいさつに拍手は不要かもしれないが、今日はいいだろう。歓迎の意を込めたそれだから。

聞けば、川田局長は五十四歳。小柄でやせ気味。頭は白髪交じりで、縁なしメガネをかけている。

穏やかそうな人なのでよかった。と、これは僕の意見じゃなく、同じ班の早坂翔太くんの意見。で、一見穏やかそうなやつが実はあぶねえんだよ、というのが谷英樹さんの意見。でも谷さんほどあぶなくはないだろう、というのが僕の意見。僕が心にしまっておいたその意見を実際に口にしたのが、同期の筒井美郷さん。

でもこの谷さんと美郷さん、実は付き合っている。その事実は僕しか知らない。二人とも、仕事とそれは無関係だから明かす必要はない、という感じなのだ。

区分棚のところへ戻ると、各自、郵便物を配達カバンに詰める。ハガキや封書などの定形郵便物の束のみをそちらに入れる人もいるし、ほかに定形外郵便物を少し入れる人もいる。僕は定形のみ派だ。

すると、そこへ川田局長がやってくる。あいさつのときとは打って変わった険しい顔。うーん、と考えこむように左手を左頬に当てている。

「局の周りを担当してるのはこの一班だよね？」

「そうです」と美郷さんが返事をする。

まさかいきなりの誤配？　しかも局長が自ら乗りだすような大事故？　空気が硬くなる。緊張が走る。

でもさらに顔をしかめた川田局長が言うのはこんなことだ。

「いやぁ、参ったよ。歯が痛くてさ」

それには皆、きょとんとする。

「歯、ですか？」と美郷さん。

「うん。虫歯がついに痛みだした。昨日までは何ともなかったんだけど、今朝急に。初日なのに恥ずかしい話だよ。で、小松敏也くんに訊いたの。局の周りを配達してる班はどこかって」

小松敏也くん。小松課長だ。僕らの上司。課長の下の名前を久しぶりに聞いた。

「そしたら一班だって言うから。この辺りに、歯医者さんはある？」

「ありますよ」とこれは僕。「みつば一区に一つ、二区にも一つあります」

「よかった。どっちが近いだろう」

「同じくらいですけど。どちらかといえば、みつば歯科医院ですかね」

「みつば歯科医院」

「行かれるんですか？」

「うん。今日の仕事終わりに診てもらうよ。月曜からこれはツラいからね。でも、今日の今日じゃ難しいか」

「事情を話せば、たぶん、だいじょうぶですよ。急患ということで。僕もそうでしたし」

「あ、ほんと？」

「はい。前に奥歯のつめものがとれたことがあって。話したら、その日のうちに診てくれました。僕も仕事だったので、一番遅い時間に。今も定期検診に行ってます。もしあれなら、話してみましょうか？」

「いや、自分でやるよ」

「診察券を持ってるんで、電話番号はわかりますよ」

「じゃあ、それは教えて」

財布から診察券を取りだしてメモ紙に書き、川田局長に渡す。

「たすかったよ。ありがとう」

「いえ」

再び左手を左頬に当て、川田局長は去っていく。

その姿が見えなくなるのを待って、アルバイトの大学生、荻野(おぎの)武道(たけみち)くんが言う。

「いやぁ、あせりましたよ。すごい誤配をやらかしたかと思った。ほっとしました」

「ほっとして誤配すんなよ」と谷さん。

「ですね。気をつけます」

僕らはそれぞれの配達区へと出発する。バイクを点検し、大量の郵便物を載せ、エンジンをかけて、ゴー。

四月とはいえ、二日。バイクに乗るとまだ寒い。でも防寒着さえ着ていれば、体の芯まで冷えきることはない。そして日を追うごとに、風の冷たさよりも陽の暖かさを感じるようになっていく。

実際、この日の配達では、春を感じさせるものを見た。いや、ものじゃない。人。

お昼どきに通りかかったみつば第二公園に遠山さんがいた。奇しくもみつば歯科医院に勤める三十すぎの歯科衛生士、遠山那奈さん。

みつば第二公園は、すべり台とブランコと三つのベンチがあるだけのこぢんまりした公園だ。遠山さんは一人でベンチに座り、お弁当を食べていた。コンビニ弁当の類ではない。手づくりのお弁当。

三年ほど前、同じその場所で、これから出す郵便物を渡された。封筒にみつば歯科医院と印刷されていたので、そこの人なのだとわかった。だから、奥歯のつめものがとれたときに自ら声をかけた。ではお仕事が終わったら来てください、と言われた。たすかった。後日、虫歯も一本治してもらった。

そのころの遠山さんは、男性と二人で一つのベンチに座っていることもあった。が、じきに男性の姿を見かけなくなった。ここ二年はまったく見ない。まあ、そういうことなのだと思う。何というか、実らなかったのだ。

みつば第二公園のわきをバイクで通る。遠山さんは僕に気づかない。三年ほど前のあのときに気づいたのは、出す郵便物があったからだ。そうでもなければ、郵便配達のバイクの音を意識しない。音どころか、視界に入る僕らの姿でさえ、意識しないだろう。

何にせよ、春だ。

春にはいろいろなものが動きだす。木々は芽を出すし、花々は咲く。川田局長はみつば郵便局に来るし、遠山那奈さんはみつば第二公園でランチをとる。季節が巡ったのだなぁ、と感じる。巡っただけなのに、何かが始まるのだなぁ、とも感じる。

＊　＊

朝。区分棚の前で、一枚のハガキを手に、うーむ、と僕は考える。

かもめ～る。暑中見舞や残暑見舞につかわれる、夏のおたより郵便ハガキ。年賀ハガキと同じ、くじ付きのハガキだ。賞品の引換期間は、当せん番号の発表から半年。すでに過ぎている。が、もちろん、ハガキとしてはつかえる。それは問題ない。

問題なのは、宛名が不完全なことだ。不完全も不完全。これだけ。

四葉
益子（ますこ）先生

郵便番号が書かれていたおかげでみつば局までは来たが、字足らずも字足らず。たぶん、何らかの勘ちがいがあったのだ。きちんと書いたつもりでそのまま出してしまった、というような。

四葉で、先生。となれば、四葉中学校か四葉小学校？　せめて中か小か書いてくれれば、どちらかに持っていけたのに。

いや、わからない。学校の先生以外にも、先生と呼ばれる人たちはいる。家庭教師。塾講師。医師。政治家。作家。漫画家。そのどれでもない人が、恩師的な意味合いでそう呼ばれることもある。それら各先生が四葉に住んでいるだけかもしれない。もしそうなら、どうしようもない。調べようがない。

手がかりを得るためだからいいだろうと、ハガキの裏も見る。

おかげでセンター試験に受かりました。益子先生のおかげです。やっぱ先生は教え方うまいです。感射。
加瀬風太

おかげ、がダブっている。感謝の謝が、発射の射になっている。手書き文字自体、きれいとは言えない。読める、というレベル。

差出人さんの名前がわかったのはよかったが、これでますますわからなくなった。センター試験て、高校生が大学への進学の際に受けるものだ。

ということは、加瀬風太さんは大学生？

消印は都内。それもあまり役立つ情報ではない。加瀬風太さんは都内に通う人かもしれない。そこでハガキを出しただけかもしれない。

と、まあ、そこまで考える必要はないのだ。宛名が不完全なのだから、還付してしまえばいい。戻ってきたこのハガキを見て、何で配達しないんだ！　と怒る差出人さんもいないだろう。

ただ、その還付もできない。差出人さんの住所もないから。加瀬風太さん。名前だけではわからない。このままだと、行き場がない還付不能郵便物にならざるを得ない。

加瀬風太さんがこの辺りに住んでいるなら、わかる可能性もある。どこかの区の配達原簿にその名前があれば、あたってみてもいいだろう。

よその配達区のことまでは知らないので、僕はほかの班の人たちに素早く訊きまわった。結果は芳しくなかった。加瀬風太さんに心当たりがある配達員は一人もいなかった。

実はみつばに一軒加瀬さんがある。ただし、風太さんはいない。でも一応訊いてみることにした。僕の配達は四葉だが、みつばの加瀬さん宅なら、寄道をしても大したタイムロスにはならない。

今日のみつば一区はアルバイトの荻野くん。ちょうど配達に出ようとしていたところを呼び止めた。

「荻野くん、ごめん。二の一の八の加瀬さん、もらっていい？　僕が行くから」

「えーと、待ってください」

荻野くんは配達カバンから定形郵便物の束を一つ取りだした。そこからさらにハガキを一枚抜き出して、僕に渡す。くつ屋さんのセールを伝えるＤＭハガキだ。

「加瀬さんに用事ですか？」

「うん。ちょっと確認したいことがあって。定形外と書留は、ないよね？」

「ないです」

「悪いね。面倒なことさせちゃって」

「いえ。一軒でもスルーできれば楽ですよ」

「ありがとう。じゃあ、今日も気をつけていこう」

「はい」

車庫からバイクを出し、四葉とは反対、みつば二丁目の加瀬さん宅に向かう。

埋立地のみつばは、ほとんどが区画された住宅地。配達もしやすい。五分とかからずに加瀬さん宅に到着し、門扉のわきにあるインタホンのボタンを押す。

ウィンウォーン。

「はい」と女性の声が聞こえる。

「おはようございます。郵便です。お手渡し、よろしいでしょうか」

「はい。出ます」

プツッ。

門扉を開けて入っていき、玄関の前に立つ。すぐにドアが開く。

予想どおり、奥さんだ。よく書留が出るお宅なので、顔は知っている。

「ごくろうさま」と、奥さんが印鑑を差しだす。

「紛らわしくてすいません。ご印鑑はいらないんですよ」と言いながら、DMハガキを渡す。「今日の郵便物はこちらです」

「あぁ。どうも」

「ほかのかたのをまちがえてお入れしないよう確認させていただきたいのですが。今お入れしていいのは、加瀬継郎(つぐろう)さんと元美(もとみ)さんと歩美(あゆみ)さん、ですよね？」

「はい」

「どなたかが転出されたり転入されたりも、ないですか？」

「ないです」

「わかりました。ありがとうございます。すいません。お手数をおかけしました。失礼します」

加瀬さん宅をあとにしてバイクに乗り、四葉へと向かう。

四葉はみつばとちがって高台にある。国道にかかる陸橋を渡り、坂を上る。バイクならいいが、自転車だとかなりキツい上りだ。年賀のアルバイトに来てくれる高校生たちは皆、ふうふう言う。運動部員でも言う。

その坂を上りきり、四葉の配達にかかる。今日は今のところ晴れているが、夕方は雨予報。午後三時からはずっと傘マークになっていた。局に帰るのは四時前。できればそれまで降らないでほしい。

　コースどおりに配達し、四葉中学校に着く。

　校門には門扉があるが、完全に閉められてはいない。その隙間からバイクで入り、来賓用玄関の前で停まる。降りて郵便物を手にし、四段の階段を二歩で上がって玄関へ。

　ドアを開けてなかに入る。

「こんにちは～」と言うも、そこには誰もいない。

　広い三和土(たたき)。定形外郵便物でもすっぽり入るステンレスの大きな郵便受けが壁に掛けられている。いつもはそこに入れるだけ。書留などの印鑑ものがあるときのみ、職員室とつながっている受付に声をかける。

　今日は印鑑ものはないが、僕は受付のところへ行く。マンションの管理人室のような、小窓があるだけの受付だ。

　そこで再度言う。

「こんにちは～。郵便で～す」

　近くにいた若い男の先生がその声を聞いて寄ってきてくれる。

「すいません。ちょっとお訊きしたいんですが」

「はい」

「こちらに、益子先生はいらっしゃいますか?」

「マスコ先生、は、いないですね」

「三月まではいらしたということも、ないですか」

「ない、ですね」

「そうですか。ありがとうございます」そして僕は続ける。「今日はご印鑑はいらないんですが、これは、どうしましょう。郵便受けにお入れしておきますか?」

「じゃあ、もらいます」

窓口から先生に郵便物を渡す。

「では失礼します」

「ごくろうさまです」

再びドアを開けて外に出る。四段の階段を今度は一歩で下りる。

予想外の衝撃が足首にきて、やや後悔。こんなことでケガをしたらいけないな、と思う。交通安全も大事、交通以外での安全も大事。階段で足をくじいたので明日は休みます。そんなことを言ったら、谷さんにどやされてしまう。

バイクに乗って、配達を再開。

四葉はみつばにくらべたら郵便物は少ない。その代わり、走る距離が長い。区画整理はされておらず、道もくねくねしたものが多い。

そのくねくね道を右へ左へ走り、今度は四葉小学校に着く。

校門からやはりそのままバイクで入り、アスファルトと土の境に駐(と)める。玄関は右手にあるが、そちらへは向かわない。僕は郵便物を手に、校庭側へとまわる。そこでも駆け足。体育の授業をしている児童たちを横目に職員室のところへ行く。

立ち止まり、外から窓を指の関節でコンコンとノックする。一番近い席にいる鳥越(とりごえ)先生がすぐに気づき、カギを開けてくれる。鳥越幸子(さちこ)先生。下の名前まで知っている。歳は二十代後半ぐらい。

「こんにちは」

「ごくろうさま」

「今日はご印鑑、お願いします」

「はい」そして鳥越先生は言う。「あの、出したい郵便物があるんですけど、持っていってもらってもいいですか?」

「いいですよ。ただ、局に帰るのは夕方なので、それからお出しする形になります。だいじょうぶですか?」

「だいじょうぶです」

「ではお預かりしますよ」

「お願いします。で、お願いばかりじゃ申し訳ないんで、お茶を飲んでいってください」

「あ、いえ、それは」

「お願いはしなくても飲んでいってもらおうと思ってたの。今わたし、ちょうど空き時間なんですよ。子どもたちは音楽の時間。わたしみたいな素人じゃなく、ちゃんとした音楽の先生の授業」

「あぁ」

「だから、ぜひ」

「すいません、いつも」

「いつもっていうほどじゃないですよ」

先生がたもよく出入りされる掃き出し窓からなかに上がる。サンダルがいくつか置かれている場所だ。そこで自分のくつを脱ぎ、向きをそろえる。

その際、くつ下に穴があいてないかをチェック。セーフ。でもぎりぎりだ。左足の親指の爪が当たる辺りはほつれ気味。ぎりセーフ。

鳥越先生に出してもらったスリッパを履き、職員室の隅にある応接セットのイスに座る。そんなにはやわらかくない布製のソファだ。

「じゃあ、これで」と印鑑を渡される。鳥越印。それと朱肉。

何度来ても職員室は緊張するよなぁ、と思いつつ、印鑑を捺して配達証をはがし、端末への入力をすませる。配達完了。

そこへ今度は鳥越先生が郵便物を持ってくる。封書の束だ。輪ゴムがはめられている。

「出すのがこちらです」

「はい」

それを受けとり、書留と印鑑と朱肉を渡す。鳥越先生が去ってから、封書をパラパラとめくって切手が貼られているかを確認。ついでに、宛名と差出人がきちんと記載されているかも確認。

鳥越先生がお盆を持って戻ってくる。そこには二つの湯呑と菓子器が載せられている。菓子器には個別包装のおせんべい。鳥越先生はお盆をテーブルに置き、僕の向かいに座る。

「お茶、どうぞ」

「ありがとうございます。いただきます」

湯呑を両手で持ち、一口飲んで、驚く。

「おっ」とつい声が出る。「梅、ですか?」

「はい」鳥越先生の顔に笑みが広がる。「梅こぶ茶です」

「梅こぶ茶」もう一口飲む。「すごくおいしいですね」

「よかった」

本当においしい。兄の春行(はるゆき)とカノジョの百波(もなみ)がハマった梅のり塩味のポテトチップスには、結局僕もハマった。好物になった。

「このお茶ね、父親が実家から山ほど送ってくるんですよ」

「どちらなんですか? ご実家」

「青森です。お茶どころでも何でもないんですけど。父親が好きなんで、通販で大量に買いこんでるみたい。で、お前も飲めと送ってくる。顆粒(かりゅう)タイプで急須はいらないから、便利は便利なの。おいしいし」

「おいしいですね」

「りんごなんかと一緒に送ってくるんだけど、量が多いんですよ。一緒にと言っても、りんごとは別の箱で来ますからね。手紙にはついでになんて書いてますけど、ついでじゃないじゃんて、いつも思います。一人じゃ飲みきれないんで、ほかの先生がたにも飲んでもらおうと、こうやって持ってきてます」

手紙という言葉が耳に残る。鳥越先生のお父さんにしてみれば、メインはそちらなのだろう。娘さんに手紙を出す理由になるから、りんごも梅こぶ茶も送るのだ。郵便屋としては、ありがたい。もしかしたら、利用するのは他社さんの宅配便かもしれないけど。

「自分が好きだから娘にも送っちゃうって、すごいですよね。お父さんのそういうとこは、わたしの名前にも出てます。幸せな子で、幸子。普通、娘に、自分が好きな演歌歌手の名前をつけます?」

「あぁ。そういうことなんですね」

「そういうことなんですよ。わたしが生まれたときにお父さんがもう少し若ければまたちがったんだろうけど、わたしはお父さんが四十のときの子なので」

「だからこそ、かわいくてたまらなかったんじゃないですかね。好きな人の名前をつけたくなるのは、わかる気がしますよ」

「それ、わたしのお母さんも言ってました。お母さん自身が反対してもよさそうなもんなのに」そして鳥越先生は言う。「と、まあ、そんな流れで、郵便屋さんにこのお茶をお出しすることになりました」

「ありがたいです。もし機会があったら、お父さんに、おいしかったですとお伝えください」

「伝えます。暑中見舞に書きますよ」

「出されるんですか？　暑中見舞」

「はい。かもめ〜るでしたっけ。あのハガキを買って、出すようになりました。平本さんに筒井さん、郵便屋さんたちとこうやってお話をするようになってから。お正月は帰るから実家に年賀状は出さないんですけど、夏は帰らないので、暑中見舞を出すのは悪くないなと思って」

「そうですか。ありがとうございます」

「いいですよね、暑中見舞って。豊かな気持ちになれますよ、むしろ出した側が。暑いから気をつけてくださいねと誰かに言う。それはメールじゃダメな気がします。手間をかけることに意味があるんですよね、たぶん」

「もらった側も、うれしいですしね」

「はい」

梅こぶ茶を飲む。微かに甘味がついているが、それが邪魔にならない。おいしい。梅。やられる。

「おせんべい、食べてください。ちなみにそれはほかの先生からの頂きものです」

「すいません。いただきます」

頂く。塩せんべい。これもまたおいしい。

「そういえば、郵便屋さん、イマイ休憩所は利用してます?」

「はい?」

「今井貴哉くんのお宅」

「あぁ。はい。休ませてもらってます」

四葉五一。今井博利さん宅だ。庭が広い一軒家。四葉の縁にあり、国道やみつばの町が見下ろせる。いつでも休んでいいよ、と今井さんが言ってくれるので、配達途中に休ませてもらう。土曜日の午後なんかには、お孫さんの貴哉くんとも話をする。

「今井くん、今年もわたしのクラスですよ」

「クラス替えがあったんですか」

「ええ。四葉小は二年に一度あります。わたしと今井くんは三年二組です。二クラスしかないので、一緒になる可能性は五割。四葉にもいずれマンションができるみたいだから、そうなったらクラスも増えるのかな」

「貴哉くん、もう三年生なんですね。早いな」

「郵便屋さんは、いつから今井くんを知ってるんですか?」

「貴哉くんがちょうど小学校に上がるとき、ですかね」

幼稚園のときまで、貴哉くんは福岡に住んでいた。母親の容子さんが離婚して、四葉の実家へと移ってきた。そうしたらどうかと、今井さんが容子さんに言ったのだ。手紙で。

梅こぶ茶を飲み、塩せんべいを食べる。そこでようやく思いだす。まったりし過ぎて忘れていた。

「先生、ちょっとお訊きしたいんですけど」

「はい。何でしょう」

「益子先生って、こちらにいらっしゃいますか？」

「マスコ先生。いないですね」

「去年までいらしたということもないですか」

「ないですね。そのかた宛に、何か来てるんですか？」

「そうなんですけど。四葉小宛ではないんですよ。漠然と、四葉の益子先生。でも先生だから一応お訊きしようかと」

「あぁ。なるほど」

「ではそろそろ。すいません。長居をしてしまいました」

「いえ、こちらがお誘いしたので。かえってすいません。お仕事の邪魔しちゃって」

「お茶、ほんとにおいしかったです。ごちそうさまです。封書、お預かりしていきます」

「お願いします」

鳥越先生と二人、ソファから立ち上がる。

スリッパを脱いで向きを戻し、くつを履く。

「では失礼します」

「ごくろうさまです」

ちょうどチャイムが鳴る。校庭での体育の授業も終わる。

児童たちにタレントの春行似を気づかれないよう、僕はダッシュに近い駆け足でバイクのもとへ戻る。そして四葉小をあとにする。

雲行きは、局を出たときよりもあやしくなっている。いずれ雨は降るだろう。もう体が冷えきることはないと言ったが、雨に降られたときは別。四月でも、簡単に冷えきる。

前方を、教習車が走っている。四葉自動車教習所、略称四葉自教の教習車だ。仮免での路上教習中。もちろん、スピードは出していない。制限速度さえ、出していない。だから90ccの郵便バイクでもすぐに追いついてしまう。

それでも、ピタリと後ろにつくようなことはしない。当然、僕にも教習生時代がある。路上教習はとにかく必死だったことを覚えている。教習生の邪魔。するわけない。

教習所の一時限は、高校の授業なんかと同じ五十分。それは今も変わらないはずだ。終了五分前ぐらいになると、四葉自教周辺は、戻ってきた教習車でいっぱいになる。周りはほぼ畑なので、かなり目立つ。

四葉に限らない。教習車はみつばでも見かける。住宅地内の狭い道で見ることはないが、広い市役所通りなんかでは見る。蜜葉川沿いの道では、たまに停車していることもある。停めて指導をしているのだと思う。でなきゃ卒業検定中だとか。

アルバイトの荻野くんも、四葉自教で免許をとったと言っていた。今が大学三年。一年生のときにとったそうだ。荻野くんは、JRのみつば駅からはちょっと離れたところにあるアパート、グリーンハイツに住んでいる。でもすぐそばのみつば南団地のところまで、四葉自教の送迎バスが来てくれるのだ。

そのまま距離をとって走っていたら、教習車の助手席の窓から教官さんの手がニュッと出てきた。ひじが直角に曲げられてL字になった手の先が、ゆっくりと前方に振られる。合図だ。先に行っちゃって、という。

ならばと右のウインカーを出して対向車線を確認する。そして速度を上げ、教習車を追い越す。

その際、教習生さんと教官さんに軽く頭を下げる。教習生さんは運転に夢中でこちらを見ていないが、教官さんは見ている。今度は車内で軽く手を挙げてくれる。

追い越してからもしばらくその道を走り、昭和ライジング工業の敷地に入る。バイクを駐め、降りて事務所へ。こんにちは〜、郵便で〜す、と言い、どうも〜、や、ごくろうさま〜、と言われるそのあいだに郵便物を受付カウンターに置き、差出分を持って、外へ。

バイクに乗って再び道に出る。ミラーには、後ろから走ってくるまた別の教習車が映っている。やはり邪魔にならないよう、キビキビ走る。要するに、ただ普通に走る。

教習所かぁ、とあらためて思う。卒業検定に合格しても、まだ免許はもらえない。その後、運転免許センターでも学科試験を受けなければいけないのだ。

学科だけとはいっても、試験は試験。落ちる人は落ちる。僕は一度で受かったが、春行は落ちていた。そのための勉強をまったくしなかったからだ。おいおい、おれ落ちたよ、と自分で言っていた。テレビのバラエティ番組でもたまに言うことがある。おれ、センターでの試験、一度落ちてますからね。大学は落ちたから免許は受かるだろうと思ったら、そっちもでした。

その言葉を思いだし、ちょっと笑う。大学は落とされたから、こっちは受からせてもらえるだろう。その理屈が春行らしい。受験の神様がいるとしても、大学と免許では管(かん)

轄(かつ)がちがうはずだ。

と、そこまで考えて、ふと気づく。

センターでの試験。センター。試験。自動車教習所の教官のことも、先生って言うよな。

加瀬風太さん。センター試験。免許？

その後二十分で、僕は四葉自教に着く。出入口のわきにバイクを駐め、ロビーに入っていく。

先の昭和ライジング同様、受付に郵便物を持っていくことになっている。そこには必ず誰かしら人がいるので、その人に手渡しする。差出分も、手渡しされる。

「こんにちは〜」

「ごくろうさまで〜す」と声を返してくれるのは、受付係の小西陽南子(こにしひなこ)さん。

二十代前半。小柄でかわいらしい人だ。三年ほど前、ここで初めて会ったその瞬間、僕の春行似を指摘した。春行、の名前は出さず、あっ！　というその声と、わたし全力で驚いてます、というその表情で。

僕は僕で、いつの間にか、陽南子さんという下の名前まで覚えてしまった。氏名に東西南北の二つが入ってるのはおもしろいな、と思って。

その小西陽南子さんが言う。

「印鑑は必要ですか?」

「だいじょうぶです」

「このところ必要なしが続きますね」

「昨日はありでしたよ」

「あ、わたしがお休みだっただけだ。失礼しました」と笑う。

「じゃあ、今日の分です」と郵便物を渡し、

「こちらも、今日の分です」と郵便物を渡される。

いつもならこれで終わりだが、今日は終わらない。

「あの、一つお訊きしたいんですが」

「はい」

「こちらの教官さんで、益子さんというかたはいらっしゃいますか?」

それは個人情報なのですいません、とは言われない。返事はあっさりくる。

「いますよ」

「え、ほんとですか?」と、訊いたくせに驚いてしまう。

「マスコですよね? います。インストラクターです」

「というのは、教官さん、ですよね？」

「そうです。社内的には、ちょっとカッコをつけて、インストラクターと呼んでます。マスコトヨシインストラクターです」

益子豊士さん、だそうだ。

「よかった。いらっしゃるんですね」

「下の名前も合ってます？　豊士で」

「下の名前は書かれてないんですよ。益子先生、というだけで」

でもこれならもう見せていいだろうと、僕は念のため持ってきていた例のハガキを出す。去年のかもめ～る。加瀬風太さんからのハガキだ。表を上にしてカウンターに置く。

郵便番号と、四葉、益子先生。それのみ。

「うわぁ」と小西陽南子さんが声を上げる。「ひどい」

「確認していただくためにお見せしますけど、裏はこうなんですよ」

ハガキをひっくり返す。

小西陽南子さんが、手書きされた文字を音読する。

「おかげでセンター試験に受かりました。益子先生のおかげです。やっぱ先生は教え方うまいです。感射。加瀬風太」顔を上げて僕を見る。「すごい！　これでよくわかりましたね、ウチだって」

「当てずっぽうです。中学校と小学校ではないようなので」

「センター試験て。せめてセンターの試験と書いてほしいですよね。センター試験ていったら、あれじゃないですか。あの、大学受験の」

「そう、ですよね」

「これでウチと気づいたのは、ほんと、すごい！」

「いえ、まだわからないですよね」

「どうしてですか？　益子、いますよ、ウチに」

「だとしても、益子豊士先生と書いてあるわけではないですし」

「でもまちがいないです。いい情報をお伝えします。わたし、加瀬風太さん、知ってます」

「え、ほんとですか？」と、さっきと同じことを言ってしまう。

「はい。よく覚えてます」

「教習生さんて、たくさんいらっしゃるんじゃないですか？」

「たくさんいらっしゃいますけど、覚えてます。卒業されてまだそんなに経ってないですし。それに、このハガキ、加瀬風太さんぽいです」

「ぽい」

「はい。卒業生さんにこんなこと言っちゃいけないんですけど、加瀬さん、おもしろいんですよ。おっちょこちょいというか何というか。例えば自分で予約した時限の一時間前に来ちゃったり、二時間前に来ちゃったり。予約をしてない日に来ちゃった、なんてこともありますよ。キャンセル待ちでどうにか乗れたからよかったですけど」

「お近くにお住まいなんですか?」

「大学が近かったんじゃないかな」

「あぁ」

「まだそんなに経ってないって言っちゃいましたけど、考えたら、卒業して三ヵ月ぐらいは経ってるかもしれません。そういうとこも、何か、加瀬さんらしいですよ。ふと思いだして、出したんじゃないですかね、このハガキ」

そうかもしれない。今話を聞いたばかりの僕でさえ思う。それは加瀬風太さんぽい。

「だから頂きますよ、このハガキも。いいですよね? 頂いちゃって」

「はい。もうまちがいないです。加瀬風太さん。覚えててくれてたすかりました」

「配達してくれて、ありがとうございます」

「いえ。配達は、しなきゃいけないものなので」

「でも、普通、配達されないですよね？　これは」

「まあ、そうかもしれません」

「配達できなくても、誰も怒らないですよ」

「だといいんですが」

「あとで益子に渡します。すごく喜ぶと思います。卒業生さんからこういうのをもらえると、本当にうれしいんですよ。受付係のわたしがもううれしいですもん」

「そういうものをお届けできたのなら、僕もうれしいです。ではこれで失礼します。ありがとうございました」

「こちらこそ、ありがとうございました」

ロビーにちらほらいる教習生さんたちのあいだをすり抜けて外に出る。

ヘルメットをかぶり、バイクに乗る。エンジンをかけ、周囲を確認して、スタート。

いやぁ、よかった。ほっとした。まさかこんな形で、話がいいほうに転がるとは。

あらためて考える。

加瀬風太さんは、実家住まいだろう。アパートで一人暮らしなら、さすがにかもめ〜るは買わないような気がする。加瀬風太さんのお父さんかお母さんが暑中見舞や残暑見舞を出すべく買ってくれたのだと思う。それが余ったのだ。

そして加瀬風太さんは四葉自教に通い、運転免許センターでの試験に受かって、免許をとった。益子先生のおかげだと感じてはいた。家にハガキがあったから、お礼をすることを思いついた。お礼をするためにハガキを求めたのではなく、ハガキを目にしたからお礼をすることを思いついた。たぶん、ハガキが先。で、即実行。字足らずに気づかぬままポストに投函。と、そういうことではなかったろうか。

もしそうなら。家にハガキがあったおかげで、感射の、いや、感謝の気持ちが形になったのだ。ニワトリが先か卵が先か。どちらでもいい。かもめ～るが先でも感謝が先でもいい。結果として、かもめは感謝の気持ちを呼んだ。

かもめ～る。夏のおたより郵便ハガキ。四葉小の鳥越幸子先生も利用してくれた。実際、いい商品だと思う。暑中見舞や残暑見舞。たまに出すと、確かに豊かな気分になれる。多くの人たちが当たり前に出す年賀状以上に、出した感が味わえる。前にカノジョの三好（みよし）たまきにそう言ったら、社員がたまにじゃダメでしょ、と言われた。正しい。

そこで去年はそのたまきに出した。付き合ってるカノジョに暑中見舞を出す？　と言われた。それも正しい。でもたまきは笑ってた。だから、いい。今年も出すつもりでいる。

午後一時すぎ。空はいよいよ曇ってきた。この感じだと、三時前に降りだすかもしれない。

　このまま四葉の配達を最後までやり、局に帰ってゆっくりランチ。そんなプランを立てる。お腹は空いているが、問題ない。配達中に気分のいいことがあると、空腹には耐えられるものなのだ。

　あと一時間。安全を意識しつつ、スパート。

＊　＊

　次に僕が四葉をまわったのは四日後。主にそこを担当する美郷さんが休みの日だ。

　その日はよく晴れて気温も高かった。だから今年初めて防寒着を着ずに局を出た。空はうそみたいな青。雲による白はゼロ。雨の心配はない。快調に配達した。

　四葉には、至明館なる空手道場がある。道場ならみつばにも一つあるが、流派がちがう。至明館のほうが歴史はあるらしい。

　そこにはアルバイトの荻野くんが通っている。四葉自教のように過去に通っていたのではなく、二十歳の今、通っている。いずれ就職活動も始まるというのに、今年から通いだした。

荻野くんの実家は空手道場。父親が師範だ。だから子どものころは空手をやらされていた。でもどうにも性に合わず、中途半端にやめた。以来、何でもすぐにやめてしまうようになったらしい。中学でのバスケ部。高校での軽音楽部。大学でのテニスサークルは縛りがないので続いているが、あまりおもしろくもないので結局は幽霊部員になっている。

そんなときに、荻野くんは僕と会った。僕の側から言わせてもらえば。休憩中にみつば第三公園で鉄棒をしているときに、その姿を荻野くんに見られた。

この先就職したところでその会社もやめてしまうのではないか、と不安を覚えていた荻野くんは僕に言った。郵便屋さんて、どうですか？　仕事としてどうか、ということだ。僕は荻野くんに配達のアルバイトをすすめてみた。実際にやってみればいいと思ったのだ。

荻野くんはやってくれた。が、谷さんとちょっといろいろあり、秋口にやめた。が、美郷さんの説得もあり、年賀の時期に短期アルバイトとして電撃復帰した。

それら一連の件で、あれこれ思うところもあったのだろう。今度はみつば第二公園で僕がコンビニ弁当をおごったときに、また空手を始めてみるつもりだと言った。で、本当に始めたのだ。

今もみつばから自転車で通っている。陸橋の坂はかなりキツいが、それもいいトレーニングになると、勇んで上っている。と言いつつ、あっけなく降りて自転車を引いたりもしてしまうあたりが、何とも荻野くんらしい。

その至明館道場への配達は、大変でも何でもない。平屋である道場の外壁に郵便受けが掛けられているので、そこへ入れるだけ。郵便物が毎日来るわけでもないから、寄らないことも多い。

でも今日は一通ある。第三種郵便物として、会報のようなものが送られてきたのだ。僕はバイクに乗ったまま、郵便受けにそれを入れる。

すると背後から声がかかった。

「ごくろうさん」

そちらを見る。三十代後半ぐらいの男性がいた。建物の角を曲がってきたらしい。

「どうも。こんにちは」

郵便受けの蓋を開け、入れたばかりの会報を取りだす。座ったままは失礼かと思い、素早くバイクを降りて、手渡しする。

「ありがとう」と言って、男性は正面から僕をじっと見る。

何だろう。圧倒される。見つめ合うのも妙なので目をそらしたいが、そらせない。目(め)

力がある、というのがこれかもしれない。

「君はもしかしてあれかな。荻野くんの上司?」

「いえ。ただ社員というだけで、上司ではないです。先輩みたいなものです」

「先輩か。一目でわかったよ。春行に似てるから。荻野くんに聞いてたんだ。ほんとに似てるね」

「失礼ですが、師範さん、でいらっしゃいますか?」と尋ねてみる。

「いや、僕は師範代」と答が返ってくる。「師範は父。荻野家みたいなもの」

「前崎さん、ですよね? 僕も荻野くんに聞いてます。すごいかただと」

「すごくはないよ。普通」

その言い方に、つい笑う。どう見ても普通ではない。道着を着てはいないが、体つきだけで、何かやっている人だとわかる。背は決して高くない。僕よりも低いくらい。百七十センチあるかないかだろう。なのに、この人は普通じゃないな、とわかる。

荻野くんによれば、前崎心堅さん。そのまま、しんけん、と読む。空手師範代としての通り名のようなものではない。本名。

荻野くんとはちがい、幼少時から空手一筋できたらしい。大会での優勝経験もある。

荻野くんの言葉をそのまま借りれば、足のすねじゃなく気合のかけ声でバットを折れそうな人、だ。こうして会ってみればわかる。折れそうだ。声に芯がある。

「君が荻野くんにまた空手をやることをすすめたんだって?」

「いえ。すすめてないです」

「荻野くんがそんなことを言ってたような気がしたんだが。ちがったか」

「僕は言ってないです。空手のことは何も知りませんし。あくまでも荻野くん自身の意思です」

「じゃあ、あれだ、君がきっかけになったというようなことか」

「きっかけといっても、僕はただ鉄棒をやってただけで」

「鉄棒。聞いたよ。公園でやってたんだって?」

「はい」

「いいね。郵便屋さんが公園で鉄棒」

「休憩中にちょっと、ですけど」

「体力が余ってるなら、君も空手をやったらどう?」

「いえ。僕は、じき二十八ですし」

「歳は関係ないよ。空手は何歳からでも始められる。実際、四十代で始める人もいる。気の持ちようだね。器械体操が得意なら、技術的にもうまくなるよ」

「器械体操、得意ではないです。休憩中に逆上がりと前まわりをするくらいのもので」

「休憩中にそれをやろうという気持ちがあるんだからだいじょうぶ」

「はぁ」

「といってもね、無理に勧誘はしないよ。君が今言った荻野くんと同じ。まずは自身の意思。空手は何歳から始めても心身の鍛錬（たんれん）になる。それだけ覚えといて。何かに迷ったら空手を始めてみる、そんな選択肢もある、というくらいの感じで」

「わかりました。覚えておきます」せっかくなので、訊いてみる。「それで、あの、荻野くんは、がんばってますか？」

「ああ。がんばってるよ」

「本人は、小学生にもボコボコにやられると言ってましたけど」

「やられてるね、ボコボコに」と前崎さんは楽しそうに言う。「さすが師範の息子だと思ったよ。二十歳で再入門。そういうのは誰にでもできることじゃない。自尊心が邪魔するからね。郵便屋さんのほうでも、荻野くんをよろしく頼むよ」

「僕は何もできませんよ。荻野くんにアルバイトをしてもらって、たすけられてる身なので」

「うん。いいね」

「はい？」

「荻野くんが君のことを僕に話した気持ちが、何となくわかるよ。信頼する人のことは、誰かに話したくなる。じゃあ、これ、郵便、ありがとう。無駄話をして悪かった。バイク、気をつけてね」

「はい。ありがとうございます」

一礼し、バイクに乗って、去る。至明館道場をあとにする。

荻野くんが前崎さんのことを僕に話した気持ちこそ、わかる。尊敬する人のことは、誰かに話したくなる。僕が荻野くんに少しは信頼されてるとしても、前崎さんはその遥か上をいく。信頼は尊敬を超えない。

その後も快調に配達を続け、僕は今日も四葉自教に着く。出入口のわきにバイクを駐め、ロビーに入っていく。

受付には小西陽南子さんがいる。カウンターの外に立つ四十前後の男性と話している。ブレザーの制服を着ているから、教官さんだろう。そういえば、所内に駐まっている教習車は多かった。ちょうど休み時間なのかもしれない。

「こんにちは～」

「ごくろうさまで～す」

配達員が僕であることに気づいた小西陽南子さんが、教官さんらしき男性に言う。

「ちょうどよかった。益子さん、こちらがあの郵便屋さんですよ。ほら、加瀬風太さんの」そしてこれは僕に。「郵便屋さん、これが益子です。益子先生」

「あぁ」僕は益子先生に言う。「どうも」

「どうも」と益子先生も言う。「あのハガキを届けてくれた人か。加瀬くんの」

「はい」

「よくわかったね、あれで。益子先生で教官て、普通、思わないでしょ。しかも、センター試験、だもんね。ああいうのって、差出人に返しちゃってもいいんじゃないの？」

「いいんですけど、その差出人さんのご住所もなかったので」

「あ、そうか。そのあたりがさすが加瀬くんだよね。あれで出さないよな、ハガキ」

「出さないですね」と小西陽南子さん。「うっかりぶりが、すさまじいです」

「何にしても、よく届けてくれたよ。まさか加瀬くんからあんなハガキをもらえるとは思わなかった」

「ほめてましたもんね、やっぱ先生は教え方うまいですって。わたし、文面を覚えちゃいましたよ」

「普通、感謝の手紙に、やっぱとは書かないけどね。感謝の謝の字もちがってたし」

「加瀬さんぽいですよね」

「ぽいね。あのハガキ、よく見たら、あれでしょ？　暑中見舞なんかにつかうやつでしょ？　くじ付きの」

「そうですね。かもめ〜る、です」と僕。

「去年のだよね？」

「はい」

「それがまた加瀬くんだよ。何も考えずにあのハガキをつかったんだろうな。暑中見舞なんて絶対に出さなそうだし。あれがそういうハガキだとは、気づいてもいないと思うよ」

「だからこそ、うれしいですよね」と小西陽南子さん。

「うん。うれしい」と益子先生。「よかったよ、郵便屋さんにも会えて。礼を言いたかったんだ。ほんと、感謝だよ。って、この謝は正しい謝ね。発射の射じゃなく」

「こちらこそ感謝です。これからも郵便をよろしくお願いします。何なら、かもめ〜るもお願いします」

「了解。じゃ、教習だから行くわ。郵便屋さん、どうもね」

「どうも。ありがとうございます」

益子先生は足早に去っていく。

「これ、今日の分です」と小西陽南子さんに郵便物を渡す。

「印鑑は必要ですか？」

「だいじょうぶです」

「じゃあ、こちらも今日の分です」

「お預かりします」と差出分の郵便物を受けとる。「では失礼します」

頭を下げ、僕も足早に去る。

外に出て、バイクに乗る。走りだす。

空はいよいよ晴れている。青も青。どんなゲリラ豪雨でも今日は無理でしょ、と思う。後ろのキャリーボックスに入れた防寒着も、このまま出番はなさそうだ。

郵便配達員である僕の見解では。これでやっと、春到来。

＊　＊

カノジョのたまきは配達区内に住んでいる。ワンルームのアパート、カーサみつばだ。

休日前夜はそこに泊まったりする。今度たまきが僕の実家に来ることになってもいる。

両親に会いに来る、という話ではない。僕は今実家に一人で住んでいるので、泊まりに来るのだ。

　僕の父、平本芳郎は、勤める自動車会社の都合で鳥取の工場にいる。そのうち実家に戻ってくる。母、伊沢幹子は飲料会社の課長、都内のアパートに一人で住んでいる。実家には、たぶん、もう戻ってこない。二人は離婚してしまったのだ。でも仲は悪くない。今も年に一度は春行も含めた親子四人でご飯を食べる。

　たまきのおかげで、配達区内のお宅に上がることには慣れた。が、家が替わるとその慣れもリセットされてしまうことがわかった。

　明日は日曜で僕も休みだが、今いるのはカーサみつばではない。十五階建ての賃貸マンション、みつばベイサイドコート。そのA棟十階。一〇〇二号室。

　局に転居届が出されてまだ一ヵ月も経っていない。たまたまだが、僕もその現物を見た。瀬戸達久と瀬戸未佳。

　僕の小学校時代の友人、セトッチが結婚したのだ。春行のカノジョである百波の友人の川原未佳さんと。あれよあれよという間に。

「秋宏、おつかれ。仕事終わりだってのに、来てくれてどうもな」とセトッチが言い、

「何か悪いね。わたしたちはどっちも休みなのに」と未佳さんが言う。

「いや、仕事終わりのほうが都合がいぃよ」と僕。「何せ、歩いて来られるから」

「まあ、そうだよな」とセトッチ。「ほんとにさ、泊まっていけよ。おれらは初めから
そのつもりでいたし」

「いいよ。さすがに新婚家庭には泊まれない。帰るよ」

「じゃあ、とりあえず飲んで、帰るのがめんどくさくなったら泊まってけ」

「うん」

「と言っても、泊まらないんだよな、秋宏は」

「そんな感じする」と未佳さんが笑う。

「じゃ、とにかく乾杯」

セトッチがそう言って、僕らはグラスをカチンと当てる。そして飲む。セトッチと僕
はビールを。未佳さんはグレープフルーツサワーを。

うまい。一日配達したあとのビールは本当にうまい。これは局の美郷さんも言ってい
る。同じく局員だった美郷さんのお父さんも言っていたらしい。

「フクも来られたらよかったのになぁ」と、未佳さんが残念そうに言う。

フク。百波のことだ。芸名が百波で、本名は林福江(はやしふくえ)。だからフク。

今日はその百波も来る予定だった。セトッチと未佳さんが僕と百波を招待してくれた

のだ。百波自身、来る気満々だった。行く気満々、と僕にメールをくれたりもした。でもそこは売れっ子タレント、急遽予定が変わり、来られなくなった。急遽も急遽。そうなったのは今日の午後二時すぎだ。

「まあ、芸能人だからしかたないよなぁ」とセトッチ。

「わたしの分まで楽しんできてってメールがきたよ」と僕。

「わたしにもごめんなさいメールがきた」

「おれにまできたよ」

セトッチと未佳さんは宅配ピザをとってくれていた。ピザのほかにパスタやチキンやオニオンリングもある。

「初めは手料理にするつもりでいたんだけど、宅配ものに勝てる自信がなかったの」と未佳さんが理由を説明した。

「未佳の料理はうまいとおれは思うけどどね」とセトッチがフォローする。

「配偶者だからそう言うのよ」と未佳さん。

「配偶者って言うなよ」とセトッチ。

新婚感丸出しの二人だ。結婚前も仲はよかったが、結婚後はさらにいい。

それにしても、この二人が結婚。するのはいいとしても、その早さ。

付き合ってから結婚までが一年強。知り合ってからだと、一年半弱。そう考えるとそんなには早くない気もするが、経緯をすべて知っている僕自身の感覚からすれば、早い。

二人が知り合ったのは、セトッチが僕の友人で未佳さんが百波の友人だったからだ。春行と百波が付き合ってるのを知っていたのは、僕と未佳さんだけだった。が、未佳さんと僕に面識はなかった。セトッチが未佳さんと知り合ったその日に、僕も未佳さんと知り合った。場所は、僕が前に住んでいたアパート。そこに、僕へのサプライズとして、百波が未佳さんを連れてきたのだ。

その日の昼間、カノジョと別れて沈んでいたセトッチから電話があり、飲みに行かないかと言われた。アパートに百波が来ることは決まっていたので、僕は誘いを断った。が、友だちだから百波に会わせてもいいだろうと思い、セトッチも呼んだ。

で、その夜、四人が顔を合わせた。つまり、セトッチと未佳さんは僕の部屋で知り合ったのだ。

百波は、未佳さんに僕を紹介するつもりでいたらしい。もし付き合うならそれもいい、といった感じの紹介だ。

未佳さんは春行のファンだったので、顔が似ている僕に惹かれてもおかしくはなかった。が、未佳さんが惹かれたのはセトッチだった。妥当だと思う。僕から見ても、セトッチはいい男なのだ。顔もいいし、性格もいい。小学校時代の僕は半分本気で、セトッチは将来タレントになるんじゃないかと思っていたくらいだ。

二人は付き合った。そしてあっけなく結婚に行き着いた。

結婚披露パーティーをやるから来てくれと三月の初めに言われ、三月の終わりにそれが行われた。そこもまた早かった。

パーティーの件を伝えるべくかけてきた電話で、セトッチは言った。

「秋宏。おれ、未佳と結婚するわ。親兄弟以外ではこれが最初の報告だよ。何といっても、キューピッドだからな」

「キューピッドではないでしょ。僕は何もしてないよ。たまたま紹介した形になっただけ。だってあの日、アパートに未佳さんが来ることは知らなかったんだから」

「それでもキューピッドだよ。結果が大事だ。今ごろ、未佳も百波ちゃんに電話で報告してるはず。やっぱりキューピッドだとか言ってんじゃないかな」

感心した。セトッチの決断は速い。春行のことも僕のことも見事に追い抜いた。春行と百波。僕とたまき。セトッチと未佳さん。一番先に付き合ったのは春行と百波で、次が僕とたまき、最後がセトッチと未佳さん。でも一番先に結婚したのはその二人だ。

セトッチは未佳さんとケンカもした。何度もケンカをしたことで、ケンカをしても未佳さんをきらいになることはないとわかったのだという。そうなったらもう結婚しない理由はないと気づいた。気づいたその日のうちに未佳さんと会ってプロポーズをした。だから指輪とか親への報告とかそういうのは全部あとまわし、だったそうだ。

セトッチのグラスが空いたので、缶からビールを注ぐ。

セトッチが一口飲んで、言う。

「いや、それにしてもさ、あのサプライズにはやられたよ。秋宏のアパートを訪ねたら百波ちゃんがいた最初のサプライズにもやられたけど、パーティーでのあのサプライズにもやられた」

「うん。あれは僕もやられた」

セトッチの結婚披露パーティーは都内のホテルで行われた。立派なホテルのこぢんまりした部屋でだ。披露宴、とまではいかない。宴だと大げさに感じるから、パーティー。集まったのは、両家合わせて三十人。部屋は一階にあって、ガラス張り。外の通りが見える、カフェのような空間だ。

セトッチは前からそこを知っていた。狙いをつけていたという。で、三月のその日なら空いていたので、押さえた。

セトッチの十五人、瀬戸家側の招待客十五人、に自分が入れたのはうれしかった。家族、親戚、会社関係者、とやっていけば、十五人の枠なんてすぐに埋まってしまう。セトッチのような大企業に勤める人は大変だったと思う。でもそこは割りきったよ、とセトッチは言った。呼ぶのは直接お世話になってる上司一人だけにした。そう決めたら、案外すんなりいった。

百波がパーティーに来ることは、ほとんどの人たちが知っていた。動揺させないよう、セトッチと未佳さんが事前に伝えていたのだ。それでも、実際に百波が姿を見せると、場はざわめいた。皆どこかで、でも来ないんでしょ？　と思っていたのだ。

一番の友だちの結婚なんだから来ないわけないじゃんねぇ。と、鮮やかな水色のワンピースの百波はくすんだ黒スーツの僕に言った。わざわざ歩み寄り、耳もとでだ。

それでまた場がざわめいた。百波が春行と付き合っていること、同棲(どうせい)してもいること、は多くの人たちが知っている。そんななか、百波が一般人の結婚披露パーティーに現れ、居合わせた春行似の男に何やら耳打ちするのだ。ざわつくのも当然だろう。

で、サプライズだ。

「新郎新婦のお二人に、こんなかたからご祝辞を頂きました」

司会の女性の言葉とともに、モニター画面に春行の映像が映しだされた。タキシードを着た春行だ。

ざわめきがどよめきに変わった。未佳さんの友人たちからは悲鳴に近い声も上がった。ニセ春行で充分驚いていたところへ本物が登場するのだ。そりゃ驚くだろう。僕自身、驚いた。一瞬、僕へのサプライズ、というかドッキリではないかと思った。

「皆さん、こんにちは。突然お邪魔してすいません。春行です。どうしてもおめでとうを言いたかったので、勝手に言わせてもらいます。セトッチくん、未佳ちゃん、ご結婚おめでとうございます。実を言うと、どちらともお会いしたことはありませんが、お話は伺ってます。裏ルートで画像を取り寄せ、お顔も拝見してます。まずセトッチくん。何でもできる優しい人だと、弟から聞いてます。僕ら兄弟は小学生のときに転校してるんですけど、そのあと弟に何度も手紙をくれたみたいですね。手紙出すよ、なんて言っても普通は出さないものですが、セトッチくんはちがいました。それを聞いて感心したのを覚えてます。何なら自分の弟にしたいと思ったくらいです。で、未佳ちゃん。画像を見せてもらったらすごくきれいでびっくりしました。ドレスを着た今も、ムチャクチャきれいなのでしょうね。生で見たかったです。だからほんとはセトッチくんの友人の兄として僕もそちらに行きたかったんですけど、まあ、出しゃばるのはこのぐらいにして、新郎でもないのに何でお前がタキシードだよ、と自分にツッコんどきます。セトッチくん、未佳ちゃん、末永くお幸せに。セトッチくんがほんとにうらやましいです。セトッ

も

う、マジで」

映像が終わると、拍手が起きた。春行への、そして新郎新婦への拍手だった。

わたしの仕込み、と、あとで百波は言った。話を持ちかけたら、春行は即快諾。ノリで動画を撮影し、それを百波に渡したそうだ。当日まで秋宏にもナイショな、と言って。ナイショにする意味がわからないよ、と百波には言ったが、実はわかる。それが春行だ。とにかく人を楽しませる。

そのサプライズで、新婦の末佳さんは泣いた。春行への感謝でというよりは、お膳立てをしてくれた百波への感謝で涙が出たのだと思う。それを見て、セトッチもちょっと泣いた。それを見て、僕まで泣きそうになった。あぶなかった。

「あれはマジでうれしかったなぁ」と、ビールを飲みながらセトッチが言う。

「ほんと、体が震えたよ」と、グレープフルーツサワーを飲みながら末佳さんも言う。

「初めはさ、秋宏の仕込みかと思ったんだ。ちがうんだよな?」

「ちがうよ。僕はそんなに気が利かない。思いついたとしても、やらなかったんじゃないかな。やり過ぎだとも思っちゃって。まあ、思いつかなかったけど」

「フクもよくやってくれたよね」と末佳さん。「あれを見た人たちはみんな、あぁ、この二人、ほんとに付き合ってるんだって、なるじゃん」

「まあ、もう知られてたしね」と僕。

「だとしても、ありがたいよ」とセトッチ。「みんな、そういうのをSNSとかに載せてなきゃいいけど」

実際、セトッチはパーティーの最後に言った。春行さんがご厚意でしてくれたことなので、皆さん、できれば内密にお願いします、と。僕がパーティーで一番感動したのはそこだ。セトッチがやはりセトッチであったこと。

「いいパーティーだったよね」と二人に言う。「あの規模はいいなと思ったよ。一人一人と話ができて。雰囲気も落ちついてて」

「秋宏もそうしろよ」

「そうなるようなことがあったら、考えてみるよ」

「そうなるようなこと、ないの？」と未佳さん。

「今すぐはね」

「相手はいるんだから、すぐしちゃえばいいのに。結婚」

「そう。おれらみたいに。自分で決めちゃえばいいんだよ、するって」

「うーん」

「おれらの場合は、早く決めすぎて、ジューンブライドにできなかったけど」

「でもそれでよかったよね。六月は式場の料金が高いもん」

「実は未佳がそう言ってくれてたすかった」

「あ、何、だから三月だったの？　それは心外。そういうことなら、六月にもう一回お願い」

「無理無理無理無理」

「出た。全力の拒否」

そんなことを言って、二人は笑い合う。

「でもさ」と僕は言う。「まさか二人がほんとにみつばに住むとは思わなかったよ。都内に住むと思ってた」

「都内は高いよ。いくらおれが不動産会社勤めでも、自分が住むマンションの家賃を負けさせたりはできない」

「わたし、てっきりできるのかと思ってた」

「できないよ」

「にしても、何でみつばなの？」と尋ねてみる。

「四葉が近いから、かな」

「四葉が」

「そう。まだあんまり言わないでほしいんだけど、ウチの会社でいくつかマンションを建てる計画があってさ。その件で、おれ、かなり頻繁に来ることになるんだわ。みつばなら、帰りも楽だから」

「福江ちゃんと僕のアパートで会ったあのときも、そんなこと言ってたよね」

「ああ。時間がかかるんだよ、土地絡みのことは」

セトッチがグラスにビールを注いでくれるので、一口飲む。オニオンリングをつまんで、言う。

「そうかぁ。四葉も、変わっていくんだろうね」

「場所はいいからな。私鉄の四葉駅があって、JRのみつば駅にも行ける。都内まで一時間はかからない。まだ土地が残ってたことのほうが不思議なくらいだよ」

「この先、マンションがじゃんじゃん建ったりするのかな」

「じゃんじゃん建つかどうかは、わからないな。初めのいくつかで様子を見て、いけるとなったらあとは速いだろうけど」

「ムーンタワーみつばみたいな三十階のマンションも、建つ？」

「場合によっては」

そうなったら、鳥越幸子先生も言っていたように、四葉小の児童は一気に増えるのだろう。四葉中の生徒も四葉自教の教習生も増えるだろう。そしていくつもコンビニができ、スーパーもできる。くねくね道もまっすぐにされてしまうかもしれない。配達はしやすくなる。いいことではあるのだろう。でも、緑や茶色、林や畑がなくなってしまうのは、ちょっとさびしい。

僕の思いを察したかのように、セトッチが言う。

「まあ、みつばと同じにはならないよ。せっかく緑があるんだから、その緑を極力残す形で進んでいくと思う。それはそれでヤラしいけど、そういうのは町として売りになるんだ。緑に囲まれた町、みたいなことで」

人は町のなかで動いている。町も町として動いていく。町を動かしていくのが、セトッチの仕事だ。仕事には、いろいろなものがある。

未佳さんの仕事は、時計をつくることだ。腕時計ではなく、置時計や掛時計のほう。会社は都内にあるが、みつばからもそう遠くはないという。結婚後も、旧姓の川原を使用している。セトッチも賛成らしい。

ピザを食べてパスタも食べ、チキンも食べて、ビールを飲む。

「フクは近々来てくれると思うけど」と未佳さんが言う。「春行さんも、呼んだら来てくれるかなぁ」

行きたいって言ってたし」


「いや、無理でしょ」とセトッチ。

「いや、来るでしょ」と僕。「時間があれば来ると思うよ。実際、行きたいって言ってたし」

「ほんと?」と未佳さん。

「うん。百波と三人で行こうぜって言ってた。まあ、そのときは、僕は遠慮するけど」

「何でよ」とセトッチ。

「お客三人は大変だし、僕がいる意味がないでしょ」

「意味なくないだろ。秋宏がいなきゃ意味ないよ」

「そうだよ。わたしも三人と会いたい」

「うーん。じゃあ、まあ、近いから、仕事帰りにちょっと寄るよ」

「ちょっとじゃなく寄れよ」

「泊まりなよ。フトン、がんばって三つ用意するから」

「スター用のフトンな」

「スター用は二つでいいよ。僕はこのソファでいい」

「じゃ、おれと秋宏がソファだ。二人掛けを一つずつ」

そんなことを言い合って、笑う。まさか配達区のみつばでセトッチや未佳さんとこうなる日がくるとは。

またしても僕の思いを察したかのように、セトッチが言う。

「あぁ。何か不思議だよ。小学校で秋宏と知り合ってなかったら、おれ、まちがいなく、未佳と結婚してないんだもんな」

「それは僕に限ったことじゃないでしょ。福江ちゃんが未佳さんの友だちでなかったら、やっぱりこうなってはいないわけだし」

「まあ、そうか。いろんなことが合わさって、今に至ってるんだな。でもおれ、すごくうれしいわ。秋宏と百波ちゃんが、おれと未佳の結婚に絡んでくれて」

「わたしも」

「じゃあ、僕も」

「じゃあって言わないでよ」と未佳さんが笑う。

この夫婦に絡めて、僕も本当にうれしい。

＊　＊

セトッチと未佳さんにあてられたから、というわけでもないが、たまきと二人で飲みに行く。
店は、私鉄の四葉駅前にあるバー『ソーアン』。二ヵ月に一度ぐらいは行くのだ。僕の仕事終わりにＪＲのみつば駅前で待ち合わせて。気が乗れば歩いて。気が乗らなければバスで。

今日は気が乗ったので、歩いた。三十分をかけて、ゆっくりと。そして午後七時に入店した。僕の仕事は始まりも終わりも早いので、そうできる。で、たまきは翻訳家。自営なので、時間は合わせてもらえる。

『ソーアン』は、ロックをかけるバーだ。といっても、全然うるさくない。普通に会話ができる。僕もたまきもロックにくわしくない。でもこの店にはいられる。居心地がいい。カウンター席が十ほどと、壁沿いに二人掛けのテーブル席が二つ。一言で言えば狭いが、その狭さが居心地の悪さにつながらない。

四葉だから、ここも配達区。マスターの吉野（よしの）草安（そうあん）さんとも顔見知りだ。たまにはお昼に寄り、サンドウィッチを食べることもある。吉野さんはコーヒーのお代わりをサービスしてくれたりする。

吉野さんのお子さんは、維安（いあん）さんと叙安（じょあん）さん。ともにプロのミュージシャンだ。兄妹でスカイマップ・アソシエイツというバンドを組んでいる。子どもたちがブログなんかで紹介してくれるからどうにか店をやっていけるんだよ、と吉野さんは言っている。

入店時、お客は僕らだけ。それから二十分ほどで、ようやく三人めが入ってくる。

何気なくそちらを見て、驚く。

「あっ」と言ってしまう。

「あぁ」とあちらも言う。「郵便屋さん」

反射的にイスから立ち上がり、あいさつをする。

「どうも。あのときは」

益子先生だ。四葉自動車教習所の、益子豊士さん。教官の制服を着てはいないが、すぐにわかった。

「何、郵便屋さんも、ここ、来るんだ？」

「はい。たまにですけど」

「そうなんだね」

カウンターのなかから店員の森田冬香さんが尋ねる。三十代の明るくてきれいな人だ。

「お二人、知り合いですか？」

「うん」と益子さんが答える。「こないだ、ウチの教習所にハガキを配達してくれて」

「郵便屋さんなんだから、配達はするでしょうけど」

「いや、これがさ、ほんとなら届かなかったであろうハガキなの。言ってみれば、奇蹟の配達だな」

「それほどのものでは」と口を挟む。

「いやいや、奇蹟。あとでよく考えてみたんだ。やっぱりすごいと思ったよ。だって、あれ一通を配達するわけじゃないもんね。ほかに何百通もあってでしょ？　感心したよ、ほんとに」

「あの、益子さんも、こちらにはよく？」

その質問には、吉野さんが答えてくれる。

「常連も常連。四日に一度は来てくれるよ。大げさに言ってるんじゃなくて、本当に四日に一度」

「郵便屋さんとも何度かは一緒になってるんじゃないですか？」と冬香さん。

「教官てさ、基本、三勤一休なのよ」と益子さんが受ける。「だから四日に一度になる。曜日は関係なし。マスターに言ってんの、日曜も開けてよって。ほら、月曜が休みだと、日曜の夜に来られないから」

「でも日曜まで開けてたら、マスターのお休みがなくなっちゃいますからね」とこれも冬香さん。

「休みの前の日以外も飲めればいいんだけど、そこは気をつけてるんだよね。車に乗らなきゃいけないから。アルコールが残るのはマズいんで」

「わかります。僕も同じですよ」

「そうか。バイクだもんね」

「はい」

「いやぁ、でも驚いた。ここで知ってる人に会ったのは初めてだよ。もうおっさんで、知り合いもそんなにはいないから」

「益子ちゃん、座んなよ。郵便屋さんも座れないから」と吉野さん。

「あ、ごめんごめん」

「一杯めはギネスでいいですか?」と冬香さん。

「うん。お願い」

気をつかってくれたのか、益子さんはイス一つ空けて、僕の隣に座る。

僕も座る。

「そちらは?」と訊かれ、

「えーと、カノジョです」と答える。

「おぉ、これはこれは。おきれいな」

「お恥ずかしい」とたまきが返す。「わたし、アパートの大家さんと吉野さんと冬香さん以外でアキの配達先の人に会うのは初めてですよ。ちゃんと仕事をしてるんですね、アキ」

「してるどころか、届かないはずのハガキまで届けてくれるんだからすごいよ」

「前にウチもあったよね？」と吉野さん。「叙安の友だちがふざけて脅迫ハガキみたいなのを送ってきてさ、僕が郵便屋さんに訊いたの。こういうハガキは結構くるの？って。そしたら、次の日だったかな、郵便屋さんが、ほんとならもう届けなくていい続編のハガキを持ってきてくれたんだ。それで、脅迫がただのイタズラだったことがわかった。一通めでびっくりさせて、二通めで種明かし。二回に分けたイタズラだったんだね。もう一緒には住んでないから叙安の分は差出人に返していいって、一通めのときに僕は言っちゃったんだけど、郵便屋さんは気を利かせて二通めも持ってきてくれたわけ。そうしてくれてなかったら、僕はずっといやな気持ちのままでいるとこだった」

「あぁ、そうなんですね」とたまきが言う。「ちゃんと、やるんだ」

「郵便屋さんはやるよ。やる人だよ。と、まあ、そんなことは、僕よりもたまきちゃんのほうがずっとよく知ってると思うけど」

「いえ。お互いの仕事のことって、意外と知らないんですよ」

確かにそうだ。僕もたまきの翻訳の仕事のことはよく知らない。というか、ほぼ何も知らない。あれこれ訊くべきではないと思っていたのだが。少しは訊いてもいいのかもしれない。セトッチなら未佳さんに訊くだろう。訊かれたら、未佳さんも答えるだろう。

たまきと僕は二杯めのハイネケン、益子さんは一杯めのギネス。ともにビールで、何となく乾杯する。それぞれにグラスを掲げるという形で。

「そうそう。こないだ言い忘れたんだけどさ」と益子さんが言う。「郵便屋さんは似てるよね、春行に」

「よく言われます」

「受付の小西さんから聞いてはいたのよ。ここまで似てるとは思わなかった」

吉野さんと冬香さんは僕が春行の弟であることを知っている。で、益子さんはこの店の常連さん。いいよな、と思う。僕が自分で言わなかったら、吉野さんも冬香さんも困るだろう。

「弟なんですよ」

「え？　ほんとに？」

「はい」

「ほんとですよ」とたまきも言う。「わたしも本人に会ったことがあります。実際に会うまでは、ちょっと疑ってたんだけど」

「疑ってたの？」と尋ねる。

「ちょっとね」

笑う。疑われてたのか。こんなにも、似てる似てる言われるのに。

「あのハガキを配達してくれたのが春行の、じゃなくて春行くんの弟なのか」と益子さんがギネスを飲んで言う。「じゃあ、あれだ、ウチのアパートも、いつも春行くんの弟が配達してくれてたわけだ」

「え？」

「いや、ウチのアパート。フォーリーフ四葉」

「フォーリーフ！　にお住まいなんですか？」

「うん。そこから歩いて四葉自教に通ってる。独り者だから、あんなアパートで充分なんだよね。もうかなり長く住んでるよ。ウチは単独の会社で、異動もないから」

「三〇三号室、ですよね？」

「お、すごい。さすが、わかるねぇ」

「あぁ。そうなんですね」と言い、ハイネケンをゴクリと飲む。「フォーリーフ四葉の益子さん。豊士さん、ですもんね」

少し酔いがまわってきた頭で考える。

加瀬風太さんのあのハガキ。益子様でなく、益子先生。だから学校関係だと思いこんでいた。恩師的な意味合いで先生と呼ばれる人もいると理解はしつつ、フォーリーフ四葉の居住者に益子さんがいることを忘れていた。

まあ、気づいていたところで、配達はできなかった。四葉、益子先生。それだけでハガキを郵便受けに入れるわけにはいかない。最低限、加瀬風太さんに心当たりがあるかの確認は必要だ。その確認のために昼間のフォーリーフで益子さんに会えていたとも思えない。

それでも。よくハガキを届けてくれたと、益子さんにほめてもらった。うれしいことはうれしい。が、あまりにも見事な結果オーライ。順序はまちがえた。お恥ずかしい。

郵便配達員になって十年め。まだまだ僕は青い。

## テスト

午後五時すぎに受取人さんのお宅に向かうのは気が重い。

超勤がいやだというわけではない。郵便物の量が多ければしかたない。ただ、そうでない場合の五時すぎは、ほとんどが苦情対応なのだ。今もそう。

昼のうちに局に電話がかかってきて、小松課長が出た。特定記録郵便物が届いていないという。

特定記録郵便は、主に郵便物を差し出した記録を残したいときに利用してもらうものだ。引き受けの記録として、差出人さんに受領証を渡す。配達そのものは郵便受けにする。印鑑や署名はもらわない。書留とちがい、損害賠償はない。その代わり、料金が安い。

電話をかけてきたのは、差出人さんではない。受取人さんだ。差出人さんにも直接確認したらしい。配達は完了していた。記録にもそう残っていた。でも実際には届いていない。

おととい。配達したのはアルバイトの荻野くん。確認したところ、手続きにまちがいはなかった。二日前のことなので、幸い、本人がはっきり覚えてもいた。さすがに書留と特定記録は気をつけるんで誤配はしてないと思います、と明言した。小松課長も僕も、その言葉を信じることができた。

荻野くんの配達は速くなったし、確実にもなった。一度やめて復帰してからは、誤配もなくなった。通算で言えば、もう一年近くやってくれている。みつば一区と二区。アルバイトさんで二つの区をこなせる人はそういない。

じゃあ、ぼくが説明に行ってきましょうか？　とまで荻野くんは言ってくれた。もちろん、アルバイトさんにそんなことはさせられない。僕が行くことになった。荻野くんに仕事を教えたのは社員の僕。当然だ。

課長にはいつものように、超勤はつけてくれなくていいですよ、と言った。課長はいつものように、そんなことしたら僕が突き上げを食っちゃうよ、と言った。課長がそう返すことはわかっていたので、僕もあえて言ったのだ。苦情対応に出発する前の儀式みたいなものとして。課長も、まあ、似たようなものだと思う。いい加減、わざと言っているような感じがある。やりとりを楽しんでいるようなふしもある。

特定記録郵便物の受取人さんは大島譲（おおしまゆずる）さん。電話をかけてきたのは奥さん、若子（わかこ）さん。

お住まいは、みつばベイサイドコートのA棟。奇しくも、セトッチと未佳さんと同じだ。

その A棟の前にバイクを駐める。エントランスホールに入り、インタホンのボタンを押す。三、〇、六。

三度のコールで部屋とつながる。女性の声が聞こえてくる。

「はい」

「大島様。いつもお世話になっております。みつば郵便局です」

「あぁ。はい。今開けます」

プツッと小さな音がして、インタホンの通話が切れる。

ガツッと大きな音がして、ドアのロックが解除される。

厚いガラスがはめ込まれたその重いドアを開け、居住スペースに足を踏み入れる。三階なら階段で行きたいところだが、すぐ前にエレベーターがあるので、△ボタンを押す。スルンとドアが開く。乗りこむ。

そもそも、出向く必要はなかったと言うこともできる。特定記録郵便物が差し出され、配達された。みつば局で受け、配達も完了。記録ではそうなっている。課長も説明したはずだ。大島若子さんも、理解してはいるだろう。でも納得してはいない。だから、行く。不信感を持たれてはいけないので。

あっという間に着いた三階でエレベーターを降り、三〇六号室の前へ。ドアのわきにあるインタホンのボタンを押す。

ウィンウォーン。

通話はなし。ドアが開く。四十前後の女性が顔を出す。で、驚く。そう。こんなときでも、タレントのそっくりさんを見ると、人はきちんと驚く。意表を突かれる分、驚きはむしろ大きかったりする。

「こんにちは。みつば郵便局の平本といいます」

「郵便物、見つかったんですか?」

「いえ、残念ながら」

「なのに、いらしたんですか?」

「あらためて、説明をさせていただこうと」

「説明なら電話で聞きましたよ。もうないんですよね? 研学館(けんがくかん)さんは確かに差し出してて、郵便局さんもそれを受けてて、配達もしてる。だけど、ものはないんですよね?」

研学館。空手道場ではない。進学塾だ。そのみつば教室。

「もしかして、受けとったのにわたしたちがなくしたと思ってます?」

「いえ」そこははっきり言う。「そんなことはまったく思ってないです」

「じゃあ、どうしてないんですか？」

「どこかで何らかの行きちがいがあったのかもしれません」

もどかしいが、そんなふうにしか言えない。確かなことは何一つないのだ。どこにも何の悪意もないのだと思う。たぶん、事情がわかれば、あぁ、何だ、そんなことか、となる。でもその事情がわからない。この先もずっとわからないかもしれない。

「ヒラモトさんとおっしゃいました？」

「はい」

「あなたが配達したんですか？」

「いえ。ただ、配達した者から事情は聞きました」

「そちらにミスはなかったと？」

「それはわかりません。ミスがあったとしても、自覚はないのだと思います」

「まあ、そうなんでしょうけど」

「局内の捜せるところは捜してみました。見つけることはできませんでした」

「それを、わざわざ言いに来たんですか？」

「直接お話ができればと思い、伺いました」

正しい手続きをし、配達は完了したことになっている。だから謝ることはできない。粗品のタオルも渡せない。が、こうして説明することはできる。

「息子のね、成績表なんですよ。模擬テストの結果通知。そういうのがメールで送られてくるのがわたしはいやなので、郵便で送ってもらうことにしてます。でも普通郵便ていうのも何だから、今回のこれに。何でしたっけ」

「特定記録郵便、ですね」

「希望すれば、塾側もそういう対応をしてくれます。もちろん、その分のお金はこちらが払うんですよ。あとで上乗せして請求されます」

大島若子さんの背後、廊下の奥でドアが開き、中学生ぐらいの男子が顔を出す。そしてすぐに引っこむ。塾に通っている息子さんだろう。一応、配達原簿を見てきた。卓くんだ。大島卓くん。

「これを郵便屋さんに言っていいかわからないですけど。何年か前に、塾が、別の保護者さん宛にメールを出しちゃって、問題になったことがあるらしいんですよ。だからそうしてます。それなのにこんなことになっちゃって」

「そうでしたか」

「わたし自身、問い合わせ番号を聞いて、調べてみました。配達は、やっぱり終わったことになってるんですよね？」

「はい」

「だったらどうして、ものがないんでしょう。そちらが、よそのお宅の郵便受けに入れてしまったんじゃないんですか？」

「それはないと思うと、配達者は言っています」

「わからないですよね、そんなの」

「そうしたものは普通郵便とは分けていますので、こちらも慎重になります。郵便受けにお入れする前に端末への入力もしますし」

「じゃあ、郵便受けからとられたということですか？　なかまできちんと押しこんでくれなかったんじゃないんですか？　何にしても、受取人に届かないようじゃ、意味ないですよね」

それは否定できない。まちがいをなくすべく努力してはいるが、まちがいをゼロにはできない。事故はどうしても起こる。そのあとが大事、なのだが、今回のようにこれといった方策がない場合もある。

謝れないなら謝れないでキツいな、と思う。ただ、僕としては、証拠もないのに荻野くんのせいにするわけにはいかない。

「テストの結果はもう教えてもらったからいいんですよ。でもこういうことがあると、これからはどうしようって思っちゃいます。メールがいやだからこちらにしたのに、それもダメ。じゃあ、どうしましょう。わたしが毎回塾に直接テストの結果を聞きに行くしかないんですかね。研学館は近いから、それでもいいんですけど」

何も言えない。次も特定記録郵便でお願いします、とは言えないし、直接聞きに行ってください、とも言えない。

「まあ、こうしてわざわざ来てくれたことには感謝しますよ。正直、電話で終わりだと思ってたので。大変ですね、あなたも。苦情処理係か何かですか?」

「いえ。僕も配達員です」

「あぁ。そうなの」

「はい」そこでは言う。「これからも、郵便をよろしくお願いします」

はっきりした返事はもらえない。が、微かにうなずいてくれたようには見えたので、よしとする。

「では失礼します」と頭を下げる。

「どうも」と言って、大島若子さんが静かにドアを閉める。

エレベーターの前に行き、▽ボタンを押す。数秒で、またしてもスルンとドアが開く。

乗りこむ。

三階から一階。下りも速い。あっという間。降りる。

重いドアを開け、居住スペースからエントランスホールに出る。すぐに外にも出る。

ふうっと息を吐く。

問題はすっきり解決しないこともある。郵便に限らない。何だってそうだ。そんなあれこれを引きずって、人は毎日を生きている。

とそこまで言うのは大げさか、と思い、苦笑する。よかった。苦笑とはいえ、笑える。

午後五時半すぎ。僕はバイクに乗って、みつば局へと向かう。今日二度めの帰り道。

でもまだ空は明るい。日が長くなったのを感じる。

梅雨が終われば、夏だ。雨のあとは、熱。

＊　＊

局に帰ると、まずは小松課長に報告をすませた。ただ一言、ごくろうさん、と課長は言ってくれた。

ようやく今日の仕事は終了。さすがにひと休みしたかったので、着替えてから休憩所に行き、テーブル席で微糖の缶コーヒーを飲んだ。アイスとどちらにするか迷ったが、まだホット。飲みものは、やはり温かいほうが好きだ。暑いとまでいかない気温なら、僕はそちらを選ぶ。

缶をコキッと開け、コーヒーを一口飲む。

たまにはここで帰宅前に谷さんと缶コーヒーを飲むこともある。美郷さんと飲むこともある。でも三人で飲むことはない。その形にはならない。照れがあるのだと思う。僕にでも美郷さんにでもなく、谷さんに。

それにしても、谷さんと美郷さんが付き合うとはなぁ。

と、付き合って五ヵ月めになる今もなおそんなことを思っていると、休憩所に川田局長が入ってきた。

「おつかれさまです」と声をかける。

「おつかれさま」

そう言って、川田局長は自販機で飲みものを買い、僕のテーブル席に来る。

「いいかな?」

「どうぞ」

局長は僕の向かいに座り、やはり缶をコキッと開けて、お茶を一口飲む。ホットの緑茶だ。

「何、超勤？」と訊かれる。

「はい。不着の申告があったので、受取人さんのところへ」

「そうか。解決した？」

「どうにか」

「よかった。ごくろうさま」

局長に一つ一つの事案まで報告したりはしない。それは小松課長にする。もちろん、訊かれれば答えるが、局長も訊いてはこない。代わりにこんなことを訊いてくる。

「平本秋宏くん、だ。合ってるよね？　名前」

「はい」

川田局長はこうして僕らをフルネームで呼ぶことが多い。社員全員の名前を覚えようとしているらしい。小松課長にそう聞いて感心した。全員はすごい。かなりの数になる。

局長は局内をよく歩きまわる。社員たちによく声をかける。仕事の話もするし、雑談もする。前局長時代はあまりなかったことだ。

「君は本当に春行さんに似てるね。双子では、ないんだよね？」

「はい。年子です。春行が上」

「娘がお兄さんの大ファンだよ。出てるテレビ番組は欠かさず見てる。去年の映画も観たと言ってた」

「『リナとレオ』ですか?」

「ごめん。そこまでは知らないけど。それなのかな」

「たぶん、そうです。観ていただいてありがとうございます。局長は、娘さんがいらっしゃるんですか」

「うん。キホ。希望の希に稲穂の穂で、希穂」

「希穂さん。いい名前ですね。配達がしやすそうです。その漢字なら、迷わずキホさんと読めますし」

「そうだよね。実は僕もさ、名前をつけるときにそれを考えたんだ。配達員を困らせちゃいけないなって」

「ほんとですか?」

「ほんと。まあ、配達員だけにじゃなく、誰にも読みまちがわれたくないっていうのが主だけど。希穂は今大学三年でさ、夏からの就職活動をどうしようなんて、バタバタやってるよ」局長は緑茶を一口飲み、続ける。「あ、そういえば、あの歯医者さん、行ったよ。みつば歯科医院」

「あぁ、そうですか」

「ごめん。もっと早く報告するべきだった。あそこはいいね。先生も衛生士さんも丁寧。受付の人も親切。紹介してもらってよかったよ。僕ね、歯医者は苦手なんだ。子どものころはともかく、大人になってからはほとんど行ってなかった。何か、いやでね」

「というのは、あれですか？　悪くもない歯まで治されたりしそうだから、ですか？」

「いやいや、そういうことじゃないよ。こわいだけ。恥ずかしながら、痛いのがいやなんだ。特に歯を削るときのあの痛みは、脳にキーンとくるでしょ？　あれがダメなの。ほんと、ダメ。あそこに座らされるだけで、逃げだしたくなる」

　歯科医院の診療台から逃げだす郵便局長。想像し、笑いそうになる。でも気持ちはわかる。僕も、単なる定期検診のときでさえ、手にしたハンカチをつい握りしめてしまう。

　歯は大事、と昔から母によく言われた。母はことあるごとに、歳をとってからも自分の歯でものを食べられるのは幸せなことなの、と説いた。そして春行と僕に、朝晩二回の歯みがきを徹底させた。学校が休みの日は昼食のあともみがかせた。

　夜寝る前に水以外のものを飲むと、僕らは必ず再度の歯みがきを命じられた。反逆児春行は、ならばとコップに注いだ麦茶をストローで飲んだりしたが、口に入れたら同じ！　と母にバッサリ斬られていた。

そこで作戦を変更し、母の隙をついて夜の冷蔵庫を急襲するようになったが、母は必ず気配を察して現れた。でも母がそこまで徹底してくれたおかげで、数年後、街でスカウトされたときに春行は言われるのだ。君は歯がきれいだね、と。

「あそこの先生はうまいね」と川田局長は言う。「ウィ〜ンていう機械の音を聞いたときは絶望的な気分になったけど、思ったほど痛くなかったよ。痛かったら手を挙げてくださいと言われて、挙げる気満々でいたんだけど、その必要はなかった」

「確かに上手ですよね。僕も、つめものを入れ直してもらったあとに虫歯を一本治してもらいましたけど、痛くはなかったです。先生にそう言ったら、痛くなかったのはよかったけど虫歯だったのはほんとだからね、と言われました。冗談で」

芦田静彦(あしだしずひこ)先生。その宛名でみつば歯科医院によく郵便物がくるから、覚えてしまった。四十代半ば。自身きれいな歯をした先生だ。

「僕もついでにほかの虫歯も治してもらったよ。これまた恥ずかしながら、三本もあった。しっかりみがいてるつもりでいたんだけど、歯みがきだけじゃ限度があるんだね。もっと早くに行っておけばよかったよ、歯医者さん。これからは定期的に診てもらおうと思ってる」

「半年後ぐらいに定期検診の案内ハガキを出してくれますよ。僕もこないだもらいました。今度予約して行ってきます。あのハガキ、結構たすかるんですよ。半年なんてすぐ経つから、どうしても忘れちゃうので」

「平本くんは、今、何歳？」

「二十七です。じき八になります」

「その歳で半年はすぐ経つなんて言ってちゃダメだよ。僕の歳になると、時間が経つのはもっと早いから。夏になったなぁ、と思ってたら、もう冬。薄着したり厚着したりするのを忘れそうになるくらいだよ。あまりにも早すぎて」

「僕は配達なので、その心配はないです。暑い寒いが中心で動いてますから」

「そうか、そうだね。これは失礼した。配達は大変だよね。アルバイトさんがなかなか集まらないのもわかる。雨の日にカッパを着てバイクで走らなくていい仕事は、ほかにたくさんあるもんね。人ごとみたいに言って悪いけど、ほんと、尊敬するよ。もちろん、集配課の人たちだけじゃなくて、郵便課の人も窓口の人も尊敬する。みんな、大変だよ。僕なんかは、こうしてただ偉そうにしてればいいけど」

「偉そうには見えないですよ」と言ったあとにそれが失言でもあることに気づき、あわてて足す。「あ、いえ、風格がないみたいなことではなくて、えーと、何ていうか、偉そうにしてるようには見えないです。ちっとも」

「ならよかった。でも風格もないよ」と笑い、川田局長は缶の緑茶を飲み干す。「じゃあ、おつかれさま。明日もよろしく」

「おつかれさまです」

局長は立ち上がり、引いたイスを静かに戻して去っていく。空き缶をごみ箱に捨てるカンという音までもが静かだ。

本当に、ちっとも偉そうではない。風格は、正直、そんなにはないかもしれない。でも。川田君雄局長。おもしろい人だ。

＊　＊

今年は地球の都合で夏はなしね。と、そんなことにはならない。なるようなら、地球はあぶない。終わりかもしれない。

梅雨が明け、ドーンと夏。余韻はなし。一気。猛暑。

「もうダメだな、これ」と谷さんが言い、

「おでこ、焼けまくり」と美郷さんが言い、

「ほんと、ギブですよ」と早坂くんが言う。

「でも空手の稽古よりは配達のほうが楽ですよ」とこれは荻野くん。「皆さんも、空手をやってみてはどうですか?」

「苦しみを和らげるためにもっと苦しいことしてどうすんだよ」と谷さん。

「それ、何か深いですね」と僕。

　で、各自、配達に出発。

　暑、暑、暑、暑、と自分が一日に何度言うか数えてみようとしてみるが、いつも午前中で断念する。言いすぎて、数えきれなくなるのだ。時には自作の妙なメロディに乗せて言っていることもある。

　それでも、冬よりは夏のほうが好きだ。夏は冬とちがい、指先を思いどおりに動かせなくなることがない。郵便配達員にとって、それはとても重要なのだ。

　そうは言っても、暑いことは暑いよなぁ。暑、暑、暑、暑。

　と、午後になっても言っていると、みつばにあるワンルームのアパート、メゾンしおさいの一〇三号室のドアが不意に開いた。Tシャツにショートパンツという格好の片岡泉さんが、サンダルをつっかけて出てくる。

　バイクの音を聞きつけたのだろう。ペットボトルの緑茶を二本持っている。たぶん、僕が二階に行っているあいだに用意してくれたのだ。いや。用意してくれた、などと僕が言ってはマズい。まだ頂いてもいないのに。

「郵便屋さん、見っけ」

あれっと思う。いつもとトーンがちがう。声に張りがない。片岡泉さんらしくない。いつもなら、ドアを開けると同時に声も出ていたはずだ。

「どうも。こんにちは」

「はい。お茶の時間」

そう言って、片岡泉さんはペットボトルの一本をこちらへ差しだす。その声にもやはり張りはない。

「いいんですか?」

「いいよ。だって、待ってたんだから」

「すいません。ありがとうございます」ペットボトルを受けとり、言う。「今日、郵便物はないです」

「了解。座ろ」

「はい」

いつもの位置、駐車スペース後方の段に並んで座る。

「暑いね」と言われ、

「暑いですね」と返す。

「部屋はエアコンでキンキンに冷やしてんのに、暑い」

「あ、もしかして、そのせいですか？」

「ん？」

「部屋を冷やしすぎたせいで、夏カゼをひかれたのかと」

「ひいてないよ。わたしカゼひかない。バカだから」

「いえ、そんな」

「わかる？」

「はい？」

「元気ないの」

「まあ。はい」

「そりゃわかるか。もうね、ここんとこ、ずっとこう」

「どうかされたんですか？」

「されたねぇ。され放題。でも郵便屋さんが来てくれてよかった。あまりに来ないから、わたし、局まで行っちゃおうかと思った。このお茶を持って」

「局に来られても、お会いできないかと」

「何でよ。会ってくんないの？」

「いえ、そうじゃなくて。昼は配達に出てるので」

「あ、そっか。やっぱバカだ、わたし。お茶、飲も」

「はい。いただきます」

それぞれにペットボトルのキャップを開け、飲む。

冷たい。うまい。地獄から天国。いや。地獄のなかの小天国。

「郵便屋さん。テルちんがさ、ロンドンに行っちゃったよ」

「え？　木村(きむら)さんが、ですか？」

「そう」

片岡泉さんのカレシの木村輝伸(てるのぶ)さんだ。二歳下の商社マン。いずれは海外勤務になるというようなことを、去年、片岡泉さんが言っていた。

「いつ行かれたんですか？」

「四月」

「入社二年めですよね。早い、んじゃないですか？」

「早いことは早いみたい。テルちんね、ああ見えて、英語を話せんの」

「すごいですね」

「すごくはない。って、自分で言ってた。幼稚園から小学校の途中まで、お父さんの仕事の都合でアメリカに住んでたの。それでもすごいとわたしは思うけど」

「僕も思います」

「そんなこともあって、早めに選ばれちゃったみたい」

「明らかに期待されてますよね、仕事を始めて一年でのそれは」

「どうなんだろ。そうならいいけど」

そうなのだと思う。僕なんかは、一年ではどうにもならなかった。時間内に配達を終わらせるだけで精一杯。郵便物の量が多い日は時間内に終わらなかった。それでいきなりロンドンの配達はできない。

「話自体がすごく急でね、準備する時間がなくて、わたしは一緒に行けなかった。でも、それでいいと思ったの。早く行けば早く帰ってこられるわけだし。一応、二年が目処みたいだから」

「二年」

「長いけどね。だからさ、わたし、正社員になった。ほら、去年、話したでしょ？　正社員にならないかって言われてるって。なっちゃった。打ちこめることがあれば少しは気も紛れるかと思って。ちょうど四月になるときにまた声をかけてもらえたから」

片岡泉さんは服屋の店員さんだ。女性ものも男性ものも扱う、カジュアルでそんなに高くはないお店。去年の夏、やはりここでこうしてペットボトルのお茶をくれたときに言っていた。木村輝伸さんがいずれ海外勤務になることはわかってるから迷っているのだと。

片岡泉さんが配達区からいなくなったらちょっとさびしいだろうな、とその際に思ったことを思いだす。木村輝伸さんはロンドンに行ってしまったが、片岡泉さんは残った。が、明らかに落ちこんでいる。いてくれてよかったと、素直には思えない。

「でもね、気、ちっとも紛れない。仕事中は紛れても、終わった途端、思いだして、へこむ。一瞬で切り換わっちゃう。落差がある分、かえってキツいかも。休みの日は、眉を描く元気もない」

そう言って、片岡泉さんは力なく笑う。実際、眉は描かれてない。ほぼすっぴん。

「輝伸さん、その二年のあいだは、一度も帰ってこないんですか?」

「ううん」と片岡泉さんは首を横に振る。長めの茶髪が、動きにやや遅れて揺れる。

「年末には帰ってくる。でも長いよ。あと四ヵ月もある」

四ヵ月。長い。今は真夏。秋を挟んで、冬になって、真冬。そんなころ。

「ほら、よく外国人が空港で久しぶりに会ったカレシとチュウとかしてるじゃない。わたし、ほんとにああなっちゃうかも。走っていって、テルちんに抱きついて、チュウ」

「空港でなら、いいんじゃないですかね。それを見ていやな気分になる人はいませんよ」

「やってるのが日本人でも？」

「はい。ずっと待ち焦がれてたんだろうなって、一目でわかるだろうし」

「好きな人と離れるのは、ほんと、キツいよ。まさかここまでとは思わなかった。自分で驚いたもん。わたし、テルちんのことこんなに好きだったのかって。遠距離恋愛は無理だって言うじゃない。あれ、すごくよくわかる。というか、初めからわかってはいたんだけど。そんなの無理に決まってるって、中学高校のころから思ってたし」

それは僕も思っていた。離れてしまったら難しいだろうなと。理屈で感情は制御できないだろうなと。

「わたし、試されてるのかな。テルちんにじゃなく、天とか、そういうのに」

「天」

「でなきゃ、神様？　よくわかんないけど、とにかく、何かに」

片岡泉さんと僕。二人、並んでペットボトルのお茶を飲む。

もう四度めになる。夏になると、片岡泉さんはこうして冷たい飲みものをくれる。初めてのときは、アイス。ソーダ味の棒付きアイスだ。それが翌年は缶コーラになって、去年はペットボトルのお茶になった。今年も同じ。ペットボトルだと何度かに分けて飲めるからそうしてくれるのだ。

「郵便屋さんさ、ウタオのこと知ってるよね？　わたしの前のカレシ」

「ウタオさん。はい」

知っている。初めて片岡泉さんと会ったとき、ウタオさんもその場にいたから。

みつばベイサイドコートの大島家を訪ねたときのように、僕は苦情対応のためにここメゾンしおさいを訪ねた。アパート名すらちがう郵便物が入れられていたというのだ。でもそれは片岡泉さんの勘ちがいだった。アパート名は確かにちがっていたが、封書自体が郵便物ではなかった。他社さんのメール便だったのだ。

その際、片岡泉さんのでなく、僕の味方をしたのがウタオさんだった。メール便を正しい宛先に持っていってほしいと片岡泉さんは僕に言った。さすがに断るしかなかった。他社さんのものを僕が扱うことはできないので。そこでウタオさんが片岡泉さんに言った。郵便屋さんに謝れよ。悪いのは泉だろ。

その後、二人は別れてしまった。僕が出向いたそのときも、まさにケンカの最中だったのだという。

「イダウタオ。井戸の井に田んぼの田に歌声の歌に男で、井田歌男」

「本名なんですか。あだ名か何かだと思ってました」

「親が二人ともカラオケ好きなの。歌好き。それで歌男。女の子だったら歌子になってたみたい。その歌男からね、何日か前に連絡があったの。おれ、泉のとこにウォレットチェーン置いてってないか？　って」

「ウォレットチェーン」

「財布につけとく鎖。ジャラジャラするあれ」

「あぁ」

「実際、忘れていってたの。でも別れたあとに捨てた。歌男にも、その電話でそう言った」

「捨てたって言ったんですか？」

「そう。だってほんとだし、ものはもうないから」

感心する。片岡泉さんらしい。僕なら、実際には捨てていたとしても、なかったと思う、なんて言ってしまいそうだ。

「あれ実は結構いいやつで高かったんだって、残念がってたよ。ほんとはすぐにでもわたしに訊きたかったけど、訊けなかったんだって。別れたばかりだから」

「さすがに、訊きづらいかもしれませんね」

「歌男ね、日本酒をつくる会社で働いてるの。本社がそっちだから神戸に行ってたんだけど、また東京に戻ってきた。だからウォレットチェーン、あれば取りに来れると思ったんだって」

「片岡さんとお付き合いをなさってたときから、もう神戸に行かれてたんですか？」

「ううん。まだ東京。別れてから異動になったみたい」

「じゃあ、そのときは遠距離にならなかったんですね」

「そういえばそうだね」そして片岡泉さんは続ける。「ってことは、関係が悪くなかったとしても、いずれ別れてたのかな」

というその言葉にひやっとする。木村輝伸さんとは今まさに遠距離になっているわけだから。

「久しぶりの電話だったんで、わたしも、まだこのアパートに住んでることとか、こないだ初めて選挙に行ったこととか、いろいろ話した。そうそう。郵便屋さんのことも話したよ。次こそ正しい苦情を言おうと思って待ってんのに一度も誤配してくんないって」

正しい苦情、につい苦笑。

「わたし、もう少しで歌男にテルちんのことまで言っちゃうとこだった」

「言ってないんですか？」

「付き合ってることは言った。でも遠距離のことは言ってない。我慢した。何年か前のわたしだったら、絶対に言ってたよ。まずそのことを言って、泣きついてた。歌男は最近カノジョと別れたらしいから、今ごろはおかしなことになってたかも」

「なってない、んですよね?」

「なってない。ほんとだよ」

「疑ってませんよ」

本当に疑ってない。もしおかしなことになっているなら、片岡泉さんはこの話を僕にしなかっただろう。今も落ちこみを見せず、去年と変わらぬ感じで僕と接していただろう。

「昔のわたしならさ、たぶん、郵便屋さんにも、付き合ってって言ってるよ。で、ロンドンのテルちんには、好きな人ができたから別れるってメールを出す。それで終わらせた気になる」

「うーん」と考えてしまう。

片岡泉さんはすぐ隣からそれを見てちょっと笑う。さっきの力のない笑みとはまたちがう、今日初めての笑みだ。

基本、この人は明るい。僕も明るいこの人が好きだ。明るい受取人さんと明るくない受取人さん。どちらがいいか。考えるまでもない。どちらも等しく大事だというのは、また別の話。

「だから郵便屋さんも、わたしを誘わないでね。今誘われたら、わたし、ヤバい。って、誘わないか。郵便屋さんがわたしなんかを」

僕はまだどうにか冷たい緑茶を二口飲んで、言う。

「だいじょうぶですよ」

「ん?」

「僕が誘ったとしても、片岡さんはきちんと断りますよ。こうやって話してればわかります。誰も輝伸さん以上にはなれませんよ。僕はともかくとして、その歌男さんでも」

僕を見ていた片岡泉さんは、正面を見る。アパートの前の道をだ。

ちょうど、柴犬と飼主さんが歩いていく。夏も夏。昼も昼。柴犬は明らかにバテている。スタスタでなく、トボトボ歩く。僕みたいに、暑、暑、暑、暑、なんて言っていられるうちはまだ余力があるのだな、と思う。

片岡泉さんがポツリと言う。

「郵便屋さん、何なの?」

「え?」

「何でそんなに優しいの?」

「いや、えーと、優しい、ですか?」

「優しいよ。優しすぎ。そんなんじゃ、わたし、ほんとに誘われたくなっちゃうよ」

誘われたくなっちゃう、というのはいい。自分から誘う気はないのだ。

「僕が優しいんだとすれば、それは、片岡さんが優しいからですよ」

「どういう意味?」

「人間て、たぶん、優しくない相手に優しくはできないです。そうしなきゃいけないんでしょうけど、難しいですよ」

片岡泉さんはペットボトルの緑茶を飲む。おいしい、とつぶやいてから、楽しそうに笑って言う。

「こんなときでも出るんだね。郵便屋さんの、今年の一言。優しくない相手に優しくはできない」

「その部分よりは、そうしなきゃいけないけど難しい、のほうに重点を置きたいですね」

「確かに、難しいね」

「難しいです」

二人、同時に緑茶を飲む。傾けたペットボトルを戻す際になかのお茶がチャポンと音を立てる。

「ねぇ、郵便屋さん、いいこと教えてあげよっか」

「はい」

「郵便屋さんはね、優しくない人にも優しくできてるよ」

「そんなことないですよ」

「なくない。優しくできちゃってる」

「できてないと、思いますけどね」

「郵便屋さんはさ、ほんとにそう思っちゃってるんだね。わたし、わかった。だからこそ優しいんだ。自分は優しくないと思っちゃってるから。でもね、優しいよ。こうやってわたしなんかが教えてあげないとわかんないでしょ？　だから教えてあげる。郵便屋さんは優しい」

　そこまで言ってくれるのに反論。それはしない。

　八月。陽射しは強い。まぶしくて、太陽そのものは見られない。気温だけでなく、湿度も高い。ロンドンもこうなのかな、と思う。みつばよりは北だから、これほどではないだろう。時差もかなりある。遠距離も遠距離。遠い。

　でも片岡泉さんなら、たとえ残り一年でも行っちゃうかもしれない。そしてロンドンの空港で木村輝伸さんに駆け寄り、抱きついて、チュウ。木村輝伸さんも当たり前に受け入れる。

「わたし、前に郵便屋さんをベストポストマンて言ったでしょ?」

「言いましたね。ちょっと笑いました」

覚えている。木村輝伸さんに向けて言ったのだ。この人はわたしのベストポストマンだと。ふざけて。

「郵便屋さん、今日でベストを超えたよ。ポストマンの殿堂入り。決定」

「それはうれしいですけど。何か微妙ですね」

「どうして?」

「仕事をじゃなく、休憩を評価されたような」

「いいじゃない。そこは考えようでしょ。休憩を評価される社会人なんていないよ」

「その殿堂入りって言葉、よく聞きますけど。そもそも殿堂って何ですか?」

「わたしもよく知らない。博物館か何かじゃない?」

「あぁ。野球選手のバットを飾ったりするような」

「そう」

「だとしたら、僕は何を飾ればいいでしょう」

「制服とか、ヘルメットとか？　どっちもサインを入れて」

「サインを」

「うん。あとは、蠟人形をつくっちゃうとか」

「まちがいなく春行の蠟人形だと思われますよ」

「そうかぁ」

「この休憩を評価されたわけだから、片岡さんの蠟人形もつくりましょうよ。今のこの場面をもとに」

「並んで座ってお茶飲んでんの？」

「はい」

「わけわかんないよ、見る人が」

「でも、よくないですか？」

「うーん」考えて、片岡泉さんは言う。「最高」

笑う。僕も、片岡泉さんも。

蠟人形。もしつくるなら笑顔にしたい。

去年に続いて今年も、せっかくペットボトルで頂いたお茶を、この場で飲みきってしまう。暑いのだからしかたがない。楽しい休憩なのだからしかたがない。

「年末まで」と片岡泉さんが言う。「長いけど、待つか」

＊　＊

みつばベイサイドコートA棟一三〇三号室、楠知和様。にはわりとよく書留が来る。おそらくは、昼間働いている独身男性。手渡しできたことは一度もない。土曜日に再配達が出たこともないから、ご自身で窓口に取りに来てくれているのだと思う。

で、今日もご不在。集合ポストに不在通知を入れた。

それからバイクで少しだけ移動し、隣のエントランスホールへ。

そこでの配達は慎重になった。三〇六号室が大島家だからだ。さすがにまちがえられない。郵便物は二通。大島譲様宛の封書と、大島若子様宛のDMハガキ。部屋番号と氏名を二度確認し、306と書かれた挿入口に入れる。押しこむ。

今日の配達はみつば二区。マンション区。いつものように、午後の休憩はみつば第三公園でとった。

コンビニで微糖の缶コーヒーを買い、公園へ。そしてバイクを引いてベンチへ。

戸建てが多いみつば一区を配達するときはみつば第二公園で休み、二区を配達するときはみつば第三公園で休む。その二つは、春行と僕のように似ている。いや、それ以上。ちがいは、鉄棒があるかないかだけ。第二にはなく、第三にはある。

第三で休憩するときは、利用させてもらう。逆上がりと前まわりを三セットずつやるのだ。その三セットで、郵便配達員が鉄棒で遊んでいる、と通報されるならもうそれはしかたない。

このみつば第三公園で、僕は荻野くんと知り合った。いつもどおりにクルクルと三セットを終えて着地したら、目の前に荻野くんがいたのだ。そして例の質問をされた。郵便屋さんて、どうですか？　というあれだ。それがあったから、荻野くんは局でアルバイトをしてくれた。不思議な縁だ。

と、そんなことを考えながら、僕は今日もクルクルまわる。後ろに三回、前に三回。で、着地。

決まった。

と思ったら、目の前にまた人がいた。

驚いた。あっと声を出してしまった。

中学生ぐらいの男子。夏休みだから、制服姿ではない。半袖シャツにハーフパンツ。顔に見覚えは、あるようなないような。

「あの」と言われ、

「はい」と返す。

「郵便屋さん、ですか？」

「そうです」としか言えない。

この制服、ベンチのわきには赤バイ。ちがいます、は無理。

「何か、ご用ですか？」

「ぼく、オオシマです」

「はい？」

「ベイサイドコートの。A棟の」

「三〇六号室の？」

「はい」

「あぁ、そうか」言い直す。「そうですか」

だから、見覚えがあるようなないような、だったのだ。実際に一度顔を見ているから。

「大島さん。えーと、卓さん、ですよね？」

大島卓くんは驚いたような顔で僕を見る。

不審に思われないよう、ざっくり説明する。

「配達をしてると、覚えちゃうんだよね。受取人さんの名前」

卓くんがその年齢だからか、それとも男子だからか、敬語が自然とタメ語になる。もう直さない。

「何か訊きたいことが、あるの？」

「訊きたいことは」と言って、卓くんは口を閉じる。

ないらしい。

「でも、言わなきゃいけないことが」

「何だろう」

自分が鉄棒を握ったままでいたことに気づく。両手を放し、下ろす。荻野くんとのときもこんなだったな、と思いだす。

「もしあれだったら、座る？　ベンチに」と言ってみる。

「いや」

「じゃあ、いいか。卓くんは、中学生、だよね？」

「南中」

「そうか、ベイサイドコートは南中だ。何年生？」

「三年」

受験。だから、塾。いや、受験でなくても塾には行くか。今の子なら。

「前に、郵便屋さんを見たことがあって」

「というのは、僕をってこと？」

「そう。土曜日にこの公園で。だから、こないだウチに来たときも、あの人だってすぐにわかって。それで、今日も土曜だから、この時間ならいるかと思って」

「来てみたら、いたわけだ」

卓くんがうなずく。コクリと。

「前に見たときも、逆上がりとかやってた？」

「やってた」

「見られてたか」

「ごめんなさい」と卓くんがいきなり謝る。

「え？　いや、いいよ。鉄棒をやってた僕が悪いんだし。見えるんだから、そりゃ見ちゃうよ」

「そうじゃなくて」

「ん？」

「ぼくが、郵便を郵便受けからとって、見て、捨てた。順位が悪かったから」

「順位?」

「テストの順位。すごく悪くて。お母さんに見られたくなくて」

「あぁ、そういうことか。じゃあ、届いてはいたんだ?」

卓くんはまたしてもうなずく。

「それならよかったよ。安心した」

怒られることを覚悟したのか、卓くんは何も言わない。身を硬くした感じがある。

「そのことを、お母さんに言った?」

卓くんは首を横に振る。

「じゃあ、郵便屋さんに謝りなさいって、お母さんに言われたわけじゃないんだ?」

うなずく。

「なのに来てくれたんだね。ありがとう」

「ごめんなさい」と卓くんが再び言う。

「いいよ。もう充分。今日ここで休んでよかったよ。前にここで鉄棒をやっておいてよかった」

「ぼくも、見ておいてよかった」

やっておくもんだな、鉄棒。と、これまた荻野くんのときも同じことを思ったような気がする。

「あ、でもテストの順位は、結局、知られちゃったんだよね?」

「知られちゃった」

「お母さんがそう言ってたよ、結果は直接聞いたって」

「すごく怒られた。順位、ムチャクチャ悪かったから。ほとんどビリ」

テストの順位が悪くて親に怒られる。そんな家庭もあるのだな、と思う。

今は伊沢家と二つに分かれてしまったかつての平本家では、その手のことはほとんど何も言われなかった。母は、歯をみがきなさいとは言ったが、勉強しなさいとは言わなかった。春行が大学受験に失敗したときも、勉強してないんだから受からないわよ、と言っただけ。言われた春行も、のんきにこう返した。そのとおり!

「研学館さんには、今年から通ってるの?」と尋ねてみる。

「もっと前から」と答がくる。

「中一とか?」

「その前。小四」

「小四!」

「低学年から行ってる人もいるよ」

「大変かどうか、よくわかんない。みんなそうだから」

実際にみんなではないはずだが、本人の感覚としてはそうなのだろう。春行も言っていた。例えばテレビの視聴率が二十パーセントだとすんだろ？　そしたらもう、みんな見てるって感覚だよな。

「ぼく、中学は落ちてんの。私立。二つ受けて、二つとも。だからお母さん、高校こそはって必死になっちゃって。小学生のとき以上に、あれこれ言うようになった。私立に行った子たちに負けたくないでしょ？　とか、次勝てばいいのよ、とか」

「お父さんは？」

「偏差値六十五なら充分だろって。そう言われると、お母さんはカリカリくる。それでケンカになる。ぼくが原因かよって、いつもいやになる」

「偏差値六十五かぁ。僕に言わせれば、レベルが高すぎるよ。何をどうやったらそこまで行けるのか、見当もつかない」

「お母さんも、頭よかったから」

「あぁ」

「でも、偏差値六十五はなかったっぽい」

「そうなの？」

「うん。ネットで調べた。卒業した高校の偏差値、そこまで高くなかった。お母さんがいたころもそうだったはず。何なんだよって、ちょっと思う」

「まあ、期待しちゃうんだろうね。卓くんみたいにできる子にはさ。もっと上、さらに上って」

「ぼく、できないよ。そんなには」

そんなには。いい謙遜だ。偏差値六十五でまったくできないと言われたら、僕なんかの立場がない。

「試しに、こないだのテストでは全然勉強しなかった。出題範囲みたいなのはあったんだけど、わかってて、しなかった」

「全然？」

「全然。で、順位はガクンと下がった」

「実験をした、みたいなこと？」

「そう。全然勉強しなかったらどうなるんだろうと思って。それなりにはやれるんじゃないかって、ちょっとは期待もして」

「でも下がったんだ？」

「ムチャクチャ下がった。ほんと、ビリに近い」

「実験としては、成功なの？　それとも失敗？」

「半々。勉強しなかったら順位が下がるのはわかってよかったけど、あまりに下がりすぎて、お母さんには通知を見せられなかったし」

「だから捨てちゃったんだ？」

うなずいて、卓くんは言う。

「どうせ知られちゃうけど今日は勘弁て感じで。そしたらお母さん、結果が届いてませんけどってすぐに塾に電話しちゃって。送料は払ってるのにってかなり怒りもして。それで郵便屋さんにもあんなふうに。だから、通知を捨てちゃったことも、わざと勉強しなかったことも、何か、言えなくなっちゃって」

想定していたのとはまるっきりちがう方向へ、ことが進んでしまったのだろう。例えば麦茶をストローで飲んだときの春行みたいに。

あとで本人から聞いた。あのとき春行は母にほめられると思っていたのだそうだ。あぁ、そのやり方があったね、ハルは頭がいいね、それなら歯も汚れないね、と。

「結果は予想どおりではあったけど、何ていうか、ヤバいなって思った。お母さんがどうとかじゃなく、自分で。順位が下がるのはいやだなって。だから、次は本気でやる」

「って、お母さんには言った？」

「言ってない」

「言わないの？」

「言うなら、こないだは本気じゃなかったことも言わなきゃいけなくなるから」

「あぁ、そうか」

「受験とか、早く終わってほしい。大学も卒業して、早く就職したい。働きたい」

「どうして？」

「働くようになったら、もうテストはないから。そうでしょ？」

「まあ、学力のテストはないけどね。あちこちであれこれ試されたりはするかな」

「仕事とかで？」

「仕事でもそう。ほかのことでもそう」

人として試されることもある。例えば今の片岡泉さんみたいに。

「何だ。あるのか、学力じゃないテスト」

「みんなさ、生きてるうちは、ずっと試されつづけるんじゃないかな。それは、たぶん、そんなに悪いことでもないんだよ。だからがんばれるっていうのも、ちょっとはあるし」

「郵便屋さんも、試されてる？」

「たまにはね」

「がんばれてる？」

「そうだなぁ。がんばれてると、思いたいけどね」

「がんばれてるよ」

「ん？」

「全然悪くないのにお母さんにあんなこと言われても、我慢したし。ぼくなら絶対無理」

「話、聞こえてた？」

「というか、聞いてた。もうやめてくんないかなって思いながら。ズルいけど」

「卓くんのお母さんも、まちがったことは一つも言ってないからね。来るはずの郵便物が来なかったら、どうしたんだろうって思うのは当たり前だし」

「悪いのは、ぼくだもんね」

「誰も悪くないよ」

「ぼくは、悪いよ」

「だいじょうぶ。大島家に来た郵便物を大島家の卓くんが処分しただけだから、厳密には悪くない。このことはもうこれでおしまい。と言いつつ訊いちゃうけど、どうして話してくれたの？」

「やっぱり悪いと思ったし、去年職場体験学習にも行って、なじみもあったから」

「そうなの？　局に来てくれてたんだ？」

「うん」

「南中なら、十一月か。配達にも出た？」

「ぼくは女子と一緒に窓口とかそっちのほうを。ニセのお札を数えたり」

「ニセのお札か」と笑う。

札勘定用の模擬紙幣ということだろう。郵便局がニセ札を扱っちゃマズい。

「雨が降ったから、配達した男子はすごく大変そうだった」

言われてみれば、雨が降ったかもしれない。自転車とはいえ雨のなかの配達は危険なので、途中で局に引き返した覚えがある。

「でも、そうか、来てくれてたわけだ」

「配達も、ちょっとしてみたかった」

「高校生になって、もしも余裕があったら、やってよ。ほら、年賀状の配達のアルバイト。高校生のときが無理なら、大学生のときでもいいし。年賀以外でも、アルバイトの募集は常にしてるから」

卓くんが大学生になるのは四年後。そのころも、常に募集、してるだろうか。ＩＴに押されて郵便物の数は減り配達員の数も減りで、人は不要、なんてことになっていないだろうか。

「とにかくさ、話してくれてありがとう。僕はそろそろ配達に戻るよ」

バイクのところへ行き、ヘルメットをかぶる。そしてベンチに置いておいた缶コーヒーを卓くんに差しだす。

「はい。飲んで」

「いいの?」

「どうぞ」

「ありがとう」

卓くんが缶コーヒーを受けとってくれる。よかった。まだ開けてなくて。

公園に来ておよそ十五分。休憩はおしまい。缶コーヒーは、仕事後に局の休憩所で飲もう。何なら谷さんでも誘って。

「これからも郵便をよろしくね。それじゃあ」と言って、バイクを引く。

すっきり解決はしないだろうと思っていた問題が、すっきり解決した。よかった。

このことを誰かに言うつもりはない。でもアルバイトの荻野くんにだけは、荻野くんのミスじゃなかったよ、と言うべきかもしれない。

*　*

十月にかなり大きな組織の改編がある。それはわかっていた。

会社名が変わるほどの改編だ。これまでは支店などと称されていたものが、すべて郵便局に統合される。お客様に対しては便宜的に郵便局と言ったりもしていたが、今後はそれが正式名称になる。

改編に伴う動きは、もちろん、多くある。異動もその一つだ。

一班で言うと、早坂くん。それは予想外だった。

早坂くんは大学新卒でみつば局に来て二年半。早すぎるというほどではないが、早い。みつば局五年めの僕よりも先。もしかすると、早坂くんが大卒であることも関係しているのかもしれない。

これまで、送別会や歓迎会の幹事は、班で最年少の早坂くんがやってきた。でも今回はその早坂くんが主役。だから次に若い美郷さんと僕がやることになった。

といっても、日時を決め、人数も決めて、みつば駅前の居酒屋さんに予約を入れるだけ。そのほとんどを美郷さんがやってくれた。その代わりわたしが料理を選ぶからね、と言って。

いよいよ就職活動に入った荻野くんも、大学の後期が始まるのに合わせてアルバイトをやめた。当初の予定では八月までだったが、大学の夏休みいっぱいは続けてくれたのだ。

だから、二人一緒にしちゃって悪いけど、と言って、荻野くんも送別会に呼んだ。というか、早坂くんと荻野くんの合同送別会になった。

一班の全員と荻野くんと小松課長。計十二人。小上がりのような座敷で、会は午後七時に始まった。

乾杯前に、早坂くんがあいさつする。

「皆さん、今日は仕事終わりでお疲れのところ集まっていただき、ありがとうございます。みつば局に来て二年半。まさかこのタイミングで出ることになるとは思いませんでした。正直に言うと、まだ出たくないです。許されるなら、ずっといてもいいくらいです。いきなり配達に出ると言われて驚いた初日のことを、今もはっきり覚えています。あやうく、二、三日猶予(ゆうよ)をください、と言うとこでした。懐かしいです。次に行くところでどんな仕事をするのかはわかりませんが、ぼくは配達をしたいと思っています。ここで学んだことを、次で活かすつもりです。二年半、本当にありがとうございました」

拍手が起き、さすが優等生、との声がかかった。ここで学んだことって何？　との声もかかった。皆、笑った。

続いては荻野くんだ。

「ぼくはバイトですし、すでにやめてもいるんで、短くいきます。えーと、迷惑ばかりかけちゃって、すいませんでした。今日は飲ませてもらいます。タダ酒、ムチャクチャうれしいです。いろいろありがとうございました」

やはり拍手が起き、就職決まったらバイト復帰な、との声がかかった。決まらなくても復帰な、との声もかかった。やはり、皆、笑った。

乾杯の音頭は、小松課長がとった。

「早坂くん。二年半、おつかれさまでした。僕も正直に言うと、早坂くんが出ることになるとは思っていませんでした。まだまだここでがんばってもらいたかったというのが本音です。でも、異動は請われてするものです。特に今回の異動はそうなのだと思います。個人名を出して恐縮ですが、谷くんに鍛えられた早坂くんなら、どこへ行っても活躍できるはずです。健闘を期待します。そして荻野くん。これまた正直に言うと、一度やめたあと、また戻ってきてくれるとは思っていませんでした。戻ってきてからの荻野くんは別人でした。就職を決めたうえでの二度めの復帰、本当に期待します。早坂くん、荻野くん。これまでありがとう。では、長くなると、みんなに突き上げを食っちゃうんで。準備はいいかな？　はい、乾杯！」

乾杯！　と声が上がり、あちこちでジョッキやグラスを当て合う音が鳴った。僕は、左隣の早坂くんと右隣の美郷さんとジョッキをガチンと当てる。

早坂くんがゴクゴクと一気に半分ほどビールを飲む。

「あぁ。うまいです」

反対隣の谷さんがその早坂くんに言う。

「お前、飛ばしすぎんなよ。自分の送別会でつぶれるとか、なしだからな」

「つぶれたら、谷さんが介抱してくださいよ」

「しねえよ。そうなったら、お前をゆうパックで次の局に送りつける」

谷さん。相変わらず口が悪い。でもたまに少しだけ優しさを混ぜる。よほど注意してないと気づかないくらい、少し。今も混ざっている。だって、ゆうパックで送ってはくれるのだ。世話をしてはくれるのだ。

早坂くん入社の半年後に異動してきた谷さんとの付き合いは丸二年。徐々にそういうことがわかってきた。早坂くんも同じだと思う。

初めは大変だった。異動してきたばかりの谷さんは、同じ班の人たちにも食ってかかった。新人の早坂くんにも容赦なし。大学を出たからって配達が速くなるわけじゃねえんだな。そもそも、大学を出て、何で郵便だよ。そんなことを平気で言った。

早坂くんもしばらくは我慢していたが、やがて限界がきた。ぼく、谷さんにそんなこと言ってないじゃないですか。大卒だからどうのなんて、一言も言ってませんよ。そう言い返した。午前中、出発前の車庫で、二人は一触即発になった。温厚な早坂くんが手を出すはずはない。谷さんが出しそうになった。僕はあわてて割って入った。懐かしい。

ビールの中生を立てつづけに三杯。早坂くんは速いペースで飲んだ。隣の僕に言う。

「ほんと、思いだしますよ。初めて一人で配達に出たとき、絶対に無理だと思いました。こんなの終わるわけないよって。実際、終わらなかったし。あのころは毎日平本さんに手伝ってもらってましたよね」

「初めはみんなそうだよ」

「平本さんを見て、絶対に追いつけないとも思いました」

「あっけなく追いついたじゃん」

「どこがですか。追いついてないですよ」

「その意味じゃ、悪い手本に当たったよな」と谷さんが言う。「初っ端(しょっぱな)に平本はキツい。こいつは布袋(ほてい)様みたいなもんだから」

「でも平本さんについてもらってなかったら、ぼくはほんとにやめてたかもしれません」

「大げさだよ」と僕。

「大げさじゃないですよ。一度、本気でやめることを考えましたもん。自分にはこなせないと思って。でも平本さんが、いつの間にかできるようになってるからって言ってくれて」

「なってたでしょ？　むしろそうなるのが早かったほうだと思うよ、早坂くんは。僕はもっと遅かった」

「あれ、覚えてますか？　みつばの板倉(いたくら)さん」

「あぁ。うん」

板倉勝人(かつひと)さん、だ。封を開けられた郵便物が配達された、と局に苦情を言ってきた。その日の配達は早坂くんだったので、二人で謝りに行った。確かにその封書は、クシャクシャでボロボロだった。破れをふさぐためにセロハンテープが貼られていた。

板倉勝人さんにはひどく怒鳴られた。謝った。が、早坂くんがそれをそのまま配達したとは思えなかった。例えば、隣の山部(やまべ)さん宅に誤配し、気づかずに封を開けてしまったその山部さんが補修して板倉さん宅の郵便受けに入れた、という可能性もあった。もちろん、定かではないし、確かめようもない。山部さんを疑ってもいけない。

僕らにできるのは、そうした郵便物が郵便受けに入れられていたという結果について謝ることだけ。郵便受けに入っていたものを郵便配達員が配達したと受取人さんが思うのはしかたない。だから配達員として、そこを謝るだけ。そんなようなことを、僕は早坂くんに言った。ちょっと偉そうだ。

「おかしな理屈ですけど、あの板倉さんの件で、何かふんぎりがつきました。こういうことはこれからも起きると、平本さんに言われて」

「それでいやになったんじゃなくて？」

「はい。ちゃんと向き合っていこうと思えました」

「スゲえな、お前」とこれは谷さん。「平本もすごいけど、お前もすごいよ。相当だよ」

「ぼく、ほんと、この局に来てよかったです」

そう言って、早坂くんは泣いた。両目から大粒の涙をこぼして。

「おいおい、うそだろ」と谷さん。「お前、二年半しかいねえのに、よく泣けんな」

「長さは関係ないですよ」と涙声で早坂くん。

「大卒のくせに涙もろいのかよ」

「大卒も関係ないですよ」

谷さんはつまみの唐揚げを手づかみで食べて、言う。

「まあ、あれだ。お前、大卒にしては、やるよ。おれ、大卒って、もっといやなやつかと思ってた。お前は、そうでもない」

「谷さんよりいやな人には」となおも涙声で早坂くん。「そうそうなれませんよ」

それを聞いて、谷さんが笑う。早坂くんも、泣きながら笑う。

谷さんが早坂くんの中生のお代わりを頼む。すぐに届けられたそれを、早坂くんがゴクゴク飲む。このままだと早坂くんが本当にゆうパックで次の局に送られてしまうのではないかと、僕はちょっと心配する。

「実は相当仲いいよね、二人」と右隣の美郷さんが言う。

「いいね」と同意する。「ほとんど親友レベルだ」

「あの人も、早坂くんと同じ。この局に来てよかったと思ってると思うよ」

あの人。谷さんだ。別の言い方をすれば、美郷さんのカレシ。

美郷さん自身は、去年の四月にみつば局に異動してきた。配達コースを教える通区(つうく)を担当したのが僕。女性配達員と同じ班になるのは初めてだったので、緊張した。が、その緊張は初日の午後にはもう解けた。美郷さんは強くておもしろい人だった。仕事のあとのビールが好き。でも太らないよう配達時はバイクから降りて郵便受けまでダッシュする。

初めはやはり谷さんとぶつかった。ように見えた。仕事で女とかは関係ねえからな、と谷さんは言い、わかってますよ、そんなこと、と美郷さんは返した。なのに。美郷さんは今年のバレンタインデーにチョコをあげた。そして付き合った。失礼ながら、何で谷さん？　と尋ねてみた。あの人、すごく弱いから、と美郷さんは答えた。わたしは弱い人に弱いのだと。

美郷さんのお父さんも、郵便局員だった。ずっと配達をしていたという。でも十一年前に肺がんで亡くなった。定年を迎える前に、局員のままで。

姉妹が二人とも大学に行くのは無理ということで、姉の美郷さんは郵便局員になった。妹の美宇(みう)さんは、理系の大学を出て、外資系の製薬会社でバイオナントカの研究をしている。姉が郵便配達員で、妹がバイオ研究員。かなり攻めた姉妹なのだ。

「早坂くんのことなんてそんなには知らないのに別れるとなるとさびしい」と、ジョッキのビールを飲みながら美郷さんが言う。「これって、何なんだろうね」

「一年も一緒に働いてれば、そうなるよ」

「働かなくてもなるよ。一緒にいたことがなくても、なる」

「ん？」

「こないだね、ササモリさんて人の葬儀に行ってきたの」

「誰？」

「恩人。あの人の」

谷さんの。

「あの人が局員になった経緯は、知ってる？」

「何となくは」

前に小松課長に聞いた。

谷さんは子どものころ、家庭的に恵まれていなかった。小学生のときに両親と死別し、親戚じゅうをたらいまわしにされたらしい。途中からは妹の秋乃(あきの)さんとも引き離された。で、何というか、荒れた。でも高校のときの先生がよく面倒を見てくれた。そして先生のお兄さんが局員だった。その人のすすめもあって、郵政外務の試験を受けたのだ。

谷さんが局員になってからも、その人は気にかけてくれたという。谷さんがみつば局に異動になったときも、旧知の小松課長に電話をかけてきて、面倒をかけるかもしれんがよろしく頼むと言ったらしい。

「その人が、ササモリイチロウさん」

笹森一郎さん、だそうだ。

「亡くなったの？」

「うん。わたしのお父さんと同じ。がんで。肺ではないみたいだけど」

「美郷さんも葬儀に行ったんだ?」

「お通夜だけ。あの人は来なくていいって言ったけど、ついて行っちゃった。一応、わたしもあの人の関係者だから」

「関係者」

「まだ五十三歳だよ。わたしのお父さんが亡くなったのは五十五歳で、そのときも早いと思ったけど、もっと早い。たまんないよ、そういうの。笹森さんとは会ったこともないのに、ほんとに悲しくなった。何でお前が泣くんだよって、あの人にも言われた」

「お通夜、いつだったの?」

「先週の木曜かな」

「仕事のあとだよね?」

「そう。行ったらね、課長もいた」

「小松課長?」

「うん。あの人が課長に、来てくれてどうもって言った。それも変な話なんだけど。課長のほうがあの人より先に笹森さんと知り合ってるわけだし」

でも、わかるような気はする。谷さんにとっては恩人。その葬儀に、上司とはいえ知り合いが来てくれたのだ。どうも、となるかもしれない。谷さんらしく、無愛想に。

「当然、弟さんもいたんだよね？　一郎さんの弟さん。谷さんの高校の、先生」

「うん。わたしも会った。ゴロウさん」

笹森五郎さん、だそうだ。

「別に五人兄弟ってことじゃないの。二人。長男が一郎さんで、次男が五郎さん。ご両親は二人めも男の子なら二郎にするつもりでいたんだけど、いざ生まれたら変更したの。何となくカッコよかったから。あの人がそう言ってた。高校生のときにその笹森五郎先生から直接聞いたんだって」

それを、谷さんはカノジョの美郷さんに話したわけだ。で、谷さんが高校生のときから十数年が過ぎた今、美郷さんが笹森一郎さんの葬儀へ。悪くない流れに思える。

谷さんにそんな先生がいてよかった。その先生にそんなお兄さんがいてよかった。だから僕は今こうして、谷さんと知り合えてる。谷さんのカノジョから、こんな話を聞けてる。

ビールを飲みながら、その谷さんをそれとなく見る。谷さんは早坂くんと話している。泣いていた早坂くんも、今はもう笑っている。

別れは悲しい。が、明るく別れられるなら、そうしたい。谷さんと美郷さんが笹森一郎さんと明るく別れるのは無理だろう。でも谷さんと僕が早坂くんとなら、それができる。またどこかで会える可能性があることを、双方が知っているから。

時間が経ち、お酒も進んでくると、座敷の席はあってないようなものになる。皆、自分のジョッキやグラスを手にあちこち移動する。僕もする。荻野くんの隣へ。

誰かがトイレへ立ったのか、ちょうど空いていたので、そこへするりと滑りこむ。

「荻野くん、おつかれ」

そう言って、自分のジョッキを荻野くんのジョッキにガチンと当てる。

「おつかれさまです。というか、ぼくは疲れてないですけど。配達、してないし」

「就職活動はどう?」

「まだ慣らし運転みたいな感じです。先は長いですよ」

「三年生のときからって、大変だよね」

「そうですね。改善しようって動きはあるみたいです。といっても、変わるのはぼくの卒業後でしょうけど」

「結局、巡り合わせだもんね。景気とかそういうのも含めて」

「平本さんの年は、どうだったんですか?」

「僕は、ほら、高卒だけど、公社化の前年だったから、まだ基準がゆるかったんだよね。

だからわりとすんなり入れたよ」

「よかったですね」

「うん。よかった」

「いや、平本さんがじゃなく、会社が」

「ん?」

「平本さんをとれたんだからよかったですよ。大儲けですよ、会社」

「何それ。荻野くん、酔ってる?」

「酔ってますけど、本音です。大卒とか高卒とか、そんな線引きで平本さんをとらなかったら、会社、大損ですよ」

「すごいこと言うね。ほめ過ぎだよ。この飲み代はタダだけど、おみやげまでは出せないよ」

「それ狙いじゃないですよ。ガチもガチの本音です」

何だか今日はやけに持ち上げられる。早坂くんに荻野くん。送別会の主役の二人から。

本来なら僕が持ち上げなきゃいけないのに。

「ねぇ、平本さん。ぼく、決めました」

「何を?」

「日本郵便を受けますよ。ほかの会社もまわりますけど、日本郵便も受けさせてもらいます。何なら第一志望で」

「ほんとに?」

「ほんとです。今決めました。何か、早坂さんを見てたら、すごくうらやましくなっちゃって。この会社に入りたいと思いました」

「それはうれしいけど。いいの?」

「いいも何もないですよ。逆に、ダメですか?」

「ダメなわけないよ」

「あのとき、平本さんに声をかけてよかったですよ。去年、公園で。正直、迷ったんですよね。平本さんがただ休んでただけだったら、かけなかったかもしれないです」

「ただ休んでただけだよね? 僕」

「鉄棒をやってましたよ。あれを見て、声かけちゃえ、と思いました。この人ならいいだろって。正解でした」

「うーん」

「入社できないですかね、ぼく」

「そのあたりは僕如(ごと)きでは何とも。でもさ、アルバイトをしてくれてたっていうのはすごく大きいでしょ。面接でアピールしていいことだと思うよ」

「だけど、一度やめちゃってますからね。しかも無断欠勤の末に」

「それは、まあ、言わなくていいんじゃないかな。言いたきゃ言ってもいいけど。結果を見れば、悪い話ではないからね」

「筒井さんにも、ほんと、感謝ですよ」

「それは美郷さん本人に言ってよ」

「あとで言います。まずは平本さんにと思って。そしたらちょうど来てくれたんで」

荻野くんが一度アルバイトをやめたのは、谷さんとあまりうまくいかなかったからだ。谷さんの実像を知る前に、限界がきてしまった。SNSにちょっとした悪口を書いてしまった。そして無断欠勤のあと、荻野くんは小松課長への電話一本でやめた。そのことを、僕はすごく残念に思った。

でもその先があった。忙しくなる年賀の時期の直前、美郷さんが、配達中にみつばの町で見かけた荻野くんに声をかけたのだ。今、人が足りなくて困ってんの。あんたの手を借りたい。と。課長にはわたしが言うから。と。

荻野くんは戻ってきた。一からやり直すということで、短期アルバイトの高校生たちと一緒に自転車で配達をした。その後、長期アルバイトとしても正式に復帰した。それは小松課長の英断だったと思う。無断欠勤の末にやめた人をまた雇うのは、勇気が要ることだ。

一応、言っておくと。荻野くんは、早坂くん同様、今は谷さんと仲がいい。アルバイトをやめる前には、頼まれてもいないのに空手の突きを教えようとして、逆に関節を極められたりしていた。ランチをおごられたりもしていた。

「そういえば、荻野くん、空手はまだやってるの？」

「もちろんですよ。就職活動中も続けます。会社に入ってからも、続けるんじゃないですかね。黒帯をとりたいとか、そんな夢物語は置いといて、まずは小学生に勝てるようにならないと」

「まだ勝てないんだ？　小学生に」

「勝てないですね。幼稚園のころからやってる子は、ほんと、ちがいます。突きも蹴りも、速いですもん。下段まわし蹴りとか、ムチャクチャ効きますしね」

「黒帯は、夢物語なの？」

「今のところはそうですね。体力がある二十代前半のうちにどうにかしたいですけど」

「続けるのは、至明館で？」

「入った会社の勤務地次第ですけど。通えるならあそこがいいですね。前崎さんの指導を受けたいんで」

「前崎心堅さん。あの人は、やっぱりすごいの？」

「すごいですよ」

「気合のかけ声でバットを折れる、んだよね？」

「いや、もう、声もいらないです。目でいけますよ。カッと見据えただけで、バットは真っ二つです。折れるんじゃなく、縦に裂けます」

「ねぇ、荻野くん」

「はい」

僕はふざけて言う。

「だいじょうぶ？」

荻野くんもふざけて返す。

「たぶん、だいじょうぶです。平本さんのおかげで、ぼくはかなりだいじょうぶになりましたよ」

実際、荻野くんはだいじょうぶだと思う。僕のおかげ、ではない。そこは空手師範の息子さん。初めからだいじょうぶだったのだ。無断欠勤だの何だののあれこれは、ちょっと油断しただけ。誰にだって、そういうことはある。そのあと持ち直せばいいのだ。

一番大事なのはそこ。持ち直せるかどうか。

ジョッキのビールをチビリと飲む。三杯め。ちょっと酔っている。

早坂くんのほうを見る。

早坂くんは、谷さんと美郷さんと話している。谷さんと美郷さんのあいだに早坂くん。おもしろい形だ。早坂くん、谷さんと美郷さんが付き合ってることを知ったら驚くだろうな。早坂くんだけじゃない。ここにいる人たち全員が驚くだろう。美郷さんの相手は平本。そのほうがまだ驚かないかもしれない。

それから、座敷全体をゆっくりと見まわす。

皆、飲んでいる。食べている。話している。笑っている。別れは悲しい。が、送別会は楽しい。それでいい。送別会があるから、歓迎会がある。別れがあるから、出会いがある。

美郷さんのお父さんのように、そして笹森一郎さんのように、二度と会えなくなってしまう人もいる。でもそんな人たちだって、記憶からは消えない。美郷さんのお父さんと笹森一郎さん。どちらの顔も知らないが、ほぼ無関係な僕の記憶からだって、消えないと思う。

# お金は大切に

会社の名前まで変わったのに、そこは全国規模の大組織、現場はそんなに変わらない。僕の周辺では、区割りがいくらか変わっただけ。具体的には、一班の持ち分が少なくなった。

そのため、人の補充はなかった。早坂くんと荻野くんが抜けているから、やりくりは大変だ。でもどこもそうだと思う。郵便局に限らない。人員に余裕がある職場などないのだ。余裕があるなら削減せよ、となるはずだし。

この日、午後の休憩はみつば中央公園でとった。

普段、そこはあまり利用しない。遊歩道のほかに池まであるとてもいい公園だが、広すぎるのだ。まず出入口からベンチまでの距離が長い。広い歩道の分も合わせたら、バイクを一分も引かなきゃいけなくなる。休憩は十五分なのに往復二分はもったいない。ゆえに避けてしまう。

でも今日は利用する。珍しく、みつば第二公園のベンチが高校生たちで埋まっていたのだ。たぶん、みつば高生。テスト期間か何かで学校が早く終わったのだろう。で、来たら来たで、広い公園は気分がいい。各ベンチ間の距離もあるから、ほかに人がいても気にならない。

僕はベンチの一つに座り、微糖の缶コーヒーを飲む。十月だが、まだアイス。買うときに、夏以降初めて少し迷った。次からはホットにするかもしれない。

一息ついたところで、ポケットからケータイを取りだす。画面を見る。

メールがきていた。何と、聖奈からだ。もう井上ではないはずの、聖奈。元カノジョ。というその言葉がもはやふさわしくないと感じられるくらい昔、高校生のときに付き合っていた人。

〈子どもが生まれました。野島聖花。女の子。よろしく〉

それだけ。短いが、いろいろな点でインパクトがある。

もう連絡をとることはないだろうと、聖奈の電話番号もメールアドレスも削除していた。聖奈は僕のそれをまだ残していたらしい。未練があったのかもしれない。僕にではなく、春行に。聖奈も、春行の番号やアドレスまでは知らないのだ。どこからか番号が洩れてイタズラ電話がかかるようになったのを機に、春行はケータイを新規に契約したので。

僕は聖奈の元カレシ。春行もそうだ。わかりやすく言うと、こうなる。聖奈は僕をフって春行と付き合い、フラれた。春行は、僕が聖奈と付き合ったことを知らずに付き合い、その事実を知って、別れた。本人曰く、弟をコケにするやつとは付き合えないから。

おととしのお正月あたりに、聖奈から電話があった。結婚するとそれまで見えなかったものが見えてくると言っていた。結婚後一年でそんなだったから、あまりうまくいってないのかと思っていた。子どもが生まれたのなら、僕の勘ちがいだったのかもしれない。

メールに記されていたので、聖奈の現姓を初めて知った。野島さん、だ。

どうしようかな、と思う。たぶん、そう親しくもない知り合いに一斉送信した類のメールだろう。僕に出したことを意識していない可能性もある。

とはいえ、子どもが生まれたのならよかった。それはめでたい。

休憩の残り時間は五分。バイクを引く一分を差し引けば、四分。教えてくれたからには、返信した。短く。

〈おめでとう。聖花ちゃん。いい名前だね〉

その後、局に帰り、郵便物の転送や還付の処理をすませて仕事を終えると、休憩所に行った。谷さんに言われたのだ。コーヒー飲んでくか、と。

午後の休憩でも飲んだばかりだが、そこでもまた微糖の缶コーヒーを選んだ。銘柄まで同じものだ。ただし、ホット。切り替えた。

いつものテーブル席に、向かい合って座る。

「早坂、うまくやってっかな」と谷さんが言い、

「やってますよ」と僕が言う。

「断定かよ」

「課長も言ってたじゃないですか。谷さんともうまくやったんだから、どこでだってやれますよ」

「うるせえよ」と谷さんは怒りつつ笑う。「でも何年か後には出世して戻ってきたりしてな。早坂局長、とか。大卒なんだからあり得るだろ」

「大卒が全体で何人いると思ってるんですか」

「何千、か?」

「何万、ですよ」

「でもなるだろ、早坂なら」

「なってほしいですね」

そんなことを話していると、休憩所に現局長が入ってきた。自販機で缶の緑茶を買い、

僕らのテーブル席へやってくる。

「いいかな?」と訊かれ、

「どうぞ」と谷さんが答える。

局長は谷さんの隣に座る。コキッと缶を開け、緑茶を一口飲む。

「熱っ」と言い、缶を置く。

この時間、休憩所は空いている。僕らのほかには誰もいない。それでもこの席にやってくるのが川田局長だ。そこに違和感がない。局長といえば局のトップ。なのに、谷さんと僕に緊張感は走らない。走らないこと自体が不自然と思えるほど、走らない。

「おつかれさま」と局長。

「おつかれさまです」と僕。

「おつかれっす」と谷さん。

「平本くんと谷くん。一班だよね?」と訊かれ、

「はい」と僕が答える。

「いつもコーヒーを飲んでいくの?」

「いえ。たまにです」

「二人、同じ缶コーヒーだ。仲がいい」

「よくないですよ」とこれは谷さん。「平本はおれがきらいです」

「何ですか、それ」と僕が苦笑。

「基本、おれは人に好かれないです。すぐに出されちゃうんで、局はもうここで五つめだし」

「そんなふうに考えられるのは悪いことでもないよ」と局長が言う。「人は時々そうやって自分を戒めないと、おかしな勘ちがいをする」

「戒めてるわけじゃないですよ。単なる事実です」

「そうか。でも感心」

「何すか、それ」と今度は谷さんが苦笑。

「あ、そういえば、平本くんさ」

「はい」

「みつば歯科医院の衛生士さんに歯のみがき方を指導してもらったよ。説明がすごくわかりやすくて、感心した」

「遠山さん、ですか？　三十すぎぐらいの女性」

「あぁ、その人かな。すごくためになった。正しいみがき方っていうのは、あるんだね。僕は五十年以上もまちがってきたのかと、戦慄（せんりつ）したよ。大事なのは境目なんだね。歯と歯ぐきの境とか、歯と歯のすき間とか」

「そうみたいですね」

「聞いてからは、それを意識してみがくようになった。今は歯間ブラシもつかってるよ」

「僕もつかってます」

「あれをつかうと、歯ブラシだけじゃダメだっていうのがよくわかるよね。一日一回やってくださいと言われたときは無理だと思ったけど、やれば慣れる。今はもう、やらないと気持ち悪いよ。だから忘れることもない」

「わかります」

「谷くんも、やったほうがいいよ」

「妹がやってますよ」そして谷さんは僕に言う。「春行の番組とか見ながらやってるわ。お前何分それやってんだよって、いつも思う」

「あれは歯ぐきのマッサージ的なとこもあって、気持ちいいんですよ」

谷さんは妹の秋乃さんと二人で住んでいる。家賃を折半するから安く上がるという。でも理由はそれだけではないだろうと僕は思っている。子どものころに離れて暮らすことを余儀なくされた兄妹。思わざるを得ない。

秋乃さんは自動車販売会社で働いているそうだ。よく聞いてみれば、僕の父が勤める自動車会社の販社。縁を感じる。かなり遠〜い縁だが、縁は縁だ。

「妹さんがやってるなら、家に歯間ブラシはあるわけだ」と局長が谷さんに言う。「だったら、やるしかない」

　そのやるしかないに、ちょっと笑う。谷さんも笑う。何というか、五十代の男性っぽくない。

「春行さんの勢いも相変わらずだね」と局長は次いで僕に言う。「僕の娘も番組をいつも見てるよ」

「ほんとっすか?」と谷さん。「ウチもそうですよ。妹が大好き。おれもきらいではないけど、そんなにいいですかね。春行」

「いいんだろうね。確かにおもしろいじゃない。顔もいいし」

「平本ですよ、顔」

「そうだね。ほんと、よく似てる。僕もこの局に来た初日にわかったよ。失礼ながら、あ、いた、と思った」

「知ってたんすか?　いるのを」

「聞いてたよ。新しい局には春行さんの弟さんがいるって」

「娘さんが好きなら、サインもらいました?」

「いや」

「もらえばいいんじゃないすか？」

それを受けて、僕も言う。

「春行にもらいましょうか？」

「あ、いやいや、いいよいいよ」と局長はあわてて手を横に振る。

「いいんですか？」

「うん。そんなことさせたら、パワハラになっちゃう」

「僕がいやでなければ、ならないと思いますけど。実際、いやじゃないですし」

普段はサインを頼まれても極力断るようにしている。そうしないと春行に迷惑をかけるからだ。どこかで線を引かなければ、ズルズルいってしまう。芸能人の身内が間近にいると、ファンでなくてもサインがほしいと言いだす人は案外多いものなのだ。で、一人にあげてしまうと、おれもわたしも、になる。

でも川田局長ならいいような気もする。別に局長だからではない。希穂さんが春行を本当に好いてくれてるみたいだからだ。春行もそう感じるのではないかと思う。

「いや、正直に言うとね、僕も娘に言っちゃったんだ。軽い気持ちで。新しい局には春行さんの弟さんがいるんだよって。そうしたら、娘は喜んじゃって」

「でしょうね」と谷さん。「おれの妹も大喜びでしたよ。サイン頼めない？　っておれに言ってきましたから」

「僕も言われた」

「じゃあ、いいですよ」と僕。「春行にもらっておきます」

「いやいや、ほんとにいいよ。ごめん。余計なことを言った。職場でそういうのはよくない。やっぱりダメだ。平本くんだって、みんなにサインをあげるわけじゃないでしょ？」

「そうですけど」

「局長にだからあげたなんて言われたらよくないよ。うん。よくない」

「言わなきゃわからないですよ。僕は言わないですし」

「おれも言いませんよ。そんなこと、言う相手もいない」

「ありがたいけど、でもそれはダメだ。娘にもそう言ったよ。職場でそんなことはできないからって。僕が娘に言うべきじゃなかった。それだって平本くんの個人情報だからね。僕は仕事で知り得た個人情報を家庭で明かしたことになる」

「大げさですよ」と谷さん。

「そう思います」と僕。

「だとしても、やめておこう。局長がそれじゃ、示しがつかないからね」

そう言って、局長は缶の緑茶を飲み干す。まだ熱いのか、ちょっと無理した感じで。

「でも本当にありがとう。うれしいよ。ではおつかれさま。明日もよろしく」

「おつかれさまです」

「おつかれっす」

局長は立ち上がり、引いたイスを静かに戻して去っていく。今日もまた、空き缶をごみ箱に捨てるカンという音までもが静かだ。

谷さんがコーヒーを飲む。僕も飲む。おそろいの缶コーヒーだ。仲よしコーヒー。微糖。

「硬ぇなぁ」と谷さんが言う。

「硬いですね」と僕も言う。

「普通はもらうだろ、サイン」

「もらいますね」

「娘からの評価も上がるしな」

「はい」

「前から思ってたけどさ。局長、相当変わってるよな」

「変わって、ますね」

「まあ、悪くないけどな」

それにはちょっと驚く。谷さんがそんなことを言うのは珍しい。訊いてしまう。

「悪くない、ですか?」

「悪くないだろ。悪いか?」

「悪くないです」

谷さんがコーヒーを飲み、缶をテーブルに置く。やや荒いその置き方で、飲み終えたことがわかる。だから僕も飲み干す。

「窓口にさ、ハタナカっていんだろ? ハタナカアン」

「いますね」

畑中杏さん、だ。女性局員。

「歳は、平本ぐらいか?」

「僕よりは一つ上、ですかね」

「じゃあ、秋乃と同じか。前、よその局で一緒だったんだよ」

「あ、そうなんですね」

「その畑中がさ、先月かな、窓口で怒鳴られたらしいんだわ」

「お客様に、ですか？」

「ああ。入院だか何だかの保険金が下りないとかってことで。細かいことは、おれもよくわかんないけど」

たまに聞く話だ。もちろん、畑中さんの責任ではない。畑中さんは穏やかな人だ。お客様への対応だって悪くないだろう。でもそういうことは起こる。それは僕ら配達員と同じ。苦情はなくせない。

「とにかく怒鳴られて、局長を出せ！　になった」

「そこまでですか」

そんなとき、よほどのことがない限り、局長は出ていかない。出し惜しみ、ではない。くれと言われるたびにあげていたらきりがない春行のサインと同じ。局長を出せと言われるたびに出ていったらきりがないのだ。

「で、どうなったんですか？」

「局長は出ていった。まずは課長が、みたいなことじゃなくて、すぐに出ていったらしい。で、窓口のわきの相談用カウンターで、時間をかけて話を聞いた。お聞きする限り窓口の職員の説明におかしな点はないようです、みたいなことを言った」

「おぉ」

「そのあとはこうだな。ただ、お話は何度でも伺います。ゆっくり考えていただいて、それでもご不満でしたら、またお越しください。明日ならわたしも丸一日局にいます。確実にお会いできます」

「来られたんですか？　そのかたは」

「来なかった。一応、窓口の全員に話は通しといたらしい。そのお客が来たらすぐに局長に言うようにって。けど、来なかった」

「話を聞いてもらえたことで、満足したんですかね」

「だろうな。次の日にまた来たって同じだし。そのぐらいのことはわかるだろ。ほんとは、局長が出てきた時点で、もう満足だったんじゃねえかな」

そうかもしれない。そのお客様の怒りは、川田局長と話すにつれて鎮まっていったはずだ。そこで火に油を注ぐようなことをしなければ、自然とそうなるものなのだ。

僕なんかで言えば。誤配されて怒った人が、謝りに来られてさらに怒る、ということはまずない。逃げないこと、うやむやにしないこと、が大事なのだ。たぶん。

「思ったよりやるよな、局長」

「やりますね」

「頼りないように見せて、ちゃんと局員を守った。畑中にも、あとで言ったらしいよ。

君の対応にまったく問題はなかったから、気にしないでこれまでどおりに仕事をしてくださいって」

「そうですか」

「デカいよな、そういうのは。おれみたいなやつならともかく、畑中なんかにはデカいよ。実際、たすかったたって言ってたし」

それはデカい。谷さんみたいな人にだって、デカいと思う。もしかしたら、谷さんみたいな人にこそ、デカいのかもしれない。現にこんなことを僕に言っているのだし。

局員を守った、という言葉はいい。何だろう。グッとくる。

人は守り、守られる。その二つ、実は分けられないような気がする。ギブアンドテイク、みたいな話ではない。守ることで、人は守られる。

＊　＊

秋の四葉の配達はいい。

バイクに乗っていると、湿気が抜けた風がサラサラと肌をかすめる。それでいて、寒くない。乗りつづけていれば冷えるが、冷えきらない。

木々の葉の色が緑から少しずつ変わる。同じ緑のなかで変化する。赤っぽくなったり、茶色っぽくなったり。同様に、幹の色も変わっていく。何というか、薄まる。

今日は氏家（うじいえ）さん宅に現金書留が出ている。月に一度はくるのだ。一人暮らしの氏家民子（たみこ）さんに、息子の氏家清（きよし）さんから。民子さん自身にそう聞いた。近くに銀行や郵便局がない、あったとしても機械の操作がよくわからない、だから清がそうしてくれるんだよ、と。

僕ら郵便局員にしてみればありがたい話だ。今のこの時代に、そう安くはない現金書留を定期的に利用してもらえるのだから。

氏家さん宅は一戸建て。四葉の多くのお宅がそうであるように、庭は広い。というか、敷地そのものが広い。車庫をつくる必要はない。車はどこにだって駐められる。

まずは配達コースどおりにその氏家さん宅を訪ねた。ピンポンチャイムを鳴らし、氏家民子さん、いらっしゃいますか？　と声もかける。応答なし。不在通知を書いて、郵便受けに入れた。

そして配達を続け、三十分ほどしたところで、今日が火曜であることに思い当たった。火曜は、よく民子さんがバスに乗ってみつば海浜病院に行く日だ。担当の先生が火曜にいることが多いのでそうなったらしい。

時刻は午後一時半すぎ。大きな病院でも、午前の診療時間はせいぜい正午までだろう。まあ、不在通知は入れたから、戻る必要はない。そんなことをしていたら大きなタイムロスになる。

ただ、再配達となると、民子さんは苦労するのだ。自動音声ガイダンスによる受付にはまず対応できない。オペレーターさんと直接話せばそれですむのだが、民子さんは手続きをしたこと自体を忘れてしまったりする。

なるべく遠まわりにならないタイミングで氏家さん宅に戻ってみた。

さっきは閉まっていた部屋の掃き出し窓が開いている。風を入れるためか、ガラリと。いますよ、という感じに。

ナイス帰宅、民子さん。

郵便受けのわきにバイクを駐める。降りて、声をかける。

「氏家民子さん、郵便です」

「はい、はい」

その声に遅れること数秒、民子さんが現れる。玄関ではなく、掃き出し窓のほうから。

ヘルメットをとり、そちらへと寄っていく。

「どうも。こんにちは」

「バイクの音が聞こえたから、郵便屋さんだと思ったよ」

「お会いできてよかったです。郵便受けは、見ていただきました？」

「うん。見た見た。あれが入ってたね。あの、不在ナントカ」

「はい。いつもの現金書留がありましたので」

「てことは、何、戻ってきてくれたの？」

「あとで気づいたんですよ。あ、今日は火曜だって」

「悪いね、二度手間かけちゃって」

「いえいえ。僕もよかったです。荷物を軽くできるので」

「といっても、お金が入った封筒だよ。重くなるほど入ってない。って、そんなこと言ったら清に悪いか。たすかるよ。ありがとね」

「こちらこそ、いつも書留を利用していただいて、ありがとうございます」

「わたしはもらう側だけどね。利用してるのは清」

「はい。清さんにも感謝です」

「郵便屋さん、お茶飲んでって」

「いえ、それは」

「手間だけかけて帰すわけにいかないからさ。時間、ない？」

「なくは、ないですが」

「すぐ出せるのにするから。ちょっと待ってね」

すぐ出せるの。ペットボトルのお茶だった。夏に片岡泉さんにもらったのと同じ。五百ミリリットル入りの緑茶だ。あとはお菓子。民子さんのイメージからは遠い、個別包装のチョコレートビスケット。それが三つ。

「座って」と言われ、窓の桟のところに座る。

民子さんは畳に座る。正座だ。

「郵便屋さんは若いから、こういうの、好きでしょ?」

「はい」

「わたしはばあさんだけど、好き。おいしいよね、チョコ」

「おいしいですね」

「和菓子もいいけど、こういうのもいい。歳をとってから好きになっちゃったよ。食べてみたらおいしかったんでさ。ほら、食べて」

「すいません。いただきます」

ペットボトルのキャップを開け、緑茶を一口飲む。チョコレートビスケットも頂く。お茶にチョコ。悪くない。コーヒーにチョコ、よりむしろいい。

「郵便屋さんさ」

「はい」

「ペロ、死んじゃったよ」

「あぁ」と言って、僕は左方にある犬小屋を見る。「やっぱり、そうなんですね。ここ何日か姿が見えなかったので、もしかしたらとは思ってました」

「朝ね、新聞を取りに出ていって、頭を撫でてやったんだけど、目を開けなかった」

「そうですか」

「普通より長く生きてくれたから、いいことはいいんだけど」

「何歳だったんですか？　ペロ」

「十六歳」

　ペロは白い紀州犬だ。巻き尾まではいかない差し尾。僕がみつば局に来た四年前でもう老犬という印象だったが、実際に老犬だったわけだ。その老犬のまま、長く生きた。

「ペットの葬儀屋さんに頼んで葬儀はしたの。悲しかったねぇ。生きものが死んじゃうのは悲しいよ」

「悲しいですね。ペロは特に悲しいですよ、僕も好きなので」

「まあ、わたしより先に逝ってくれてよかったけどね。ペロを残してわたしが逝っちゃうわけにはいかないから」

ペロのことが好きなのは僕だけじゃない。谷さんもだ。

谷さんが異動してきたとき、この四葉を僕が通区した。谷さんは僕には返事もしなかったが、ペロの頭は撫でた。初めて心を開いた相手はペロだった、と言えるかもしれない。

ペロペロなめてくるから、ペロ。民子さんがそう名づけた。が、僕が知る老犬ペロはもうペロペロなめてこなかった。頭を撫でても、地面にあごをつけたまま、上目づかいにこちらを見るだけだ。

でもバイクに乗って氏家さん宅から出ていくときは、ワフ！　とひと吠えした。別れのあいさつをしてくれる感じでだ。ワン！　でなく、ワフ！　にすることで、威嚇ではありませんよ、と伝えてくれていたのだと思う。

「何だろうねぇ。ペロが焼かれるときにさ、久しぶりに、ちょっと泣いちゃったよ。わたしもまだ涙が出るんだなって驚いた。あの小屋も、見てると悲しくなるから処分しちゃおうかと思ったんだけど。できないね。とてもじゃないけど、できないよ。あれもなくなることで悲しくなるんなら、あれを見ることで悲しくなるほうがいい」

ツラい選択だ。選べるだけまし。そう思うしかないのかもしれない。ペロの死は選べなかったわけだから。

「郵便屋さんは、犬を飼ったことある？」

「ないです。飼ってみたかったですけどね、父親も母親も働いてたので、飼える感じではなかったです」

春行が小学五年生に、僕が四年生に上がるときに、平本家は引っ越した。両親が家を買ったのだ。今僕が一人で住んでいる実家。

一戸建てだから犬を飼えるかも、とは思った。でも飼いたいとは言わなかった。両親に遠慮したわけでもない。春行と僕、小五と小四の頭で考えても、無理だったのだ。父も母も会社勤め。朝から晩まで働いていた。それで犬を飼うのは難しい。

「犬はいいよ」と民子さんが言う。「何か、一人じゃない感じがするね。外の犬小屋にただいてくれるだけでもさ。ご飯のこととか、いつも考えるし」

「あぁ。そうですよね」

「また犬を飼いたいけど。わたしも七十五だから、ペロで終わりかな。いずれ散歩に出る元気もなくなっちゃうだろうし」

チョコレートビスケットを食べ、緑茶を飲む。民子さんはどちらもなし。僕だけ。何だか申し訳ない。

と、そこで気づく。

「あ、忘れてました。現金書留をお渡ししないと。ご印鑑をお願いします」

「わたしも忘れてた。そうだったね」

民子さんが印鑑と朱肉を持ってきてくれる。

手は汚れていないが、念のため自分のハンカチで指先を拭い、それらを受けとる。そして朱肉をつけ、印鑑を捺す。配達証をはがし、現金書留と印鑑と朱肉を民子さんに渡す。

「これをくれた清にも報告したの。ペロが死んじゃったって。そしたらさ、言われたよ。こっちに来たらいいんじゃないかって」

「こっち」

「横浜」

清さんが住んでいるところだ。現金書留の差出人住所欄にもそう書かれている。部屋番号がついているから、たぶん、マンション。

言ってみる。

「マンションでは犬を飼えないんですか?」

「ん? 清のとこで?」

「はい」

「どうなんだろう。訊いてみたことはないけど。ただ、飼えるにしても、ペロみたいなのは無理だからね」

ペロは中型犬。大きくはなかったが、マンションで飼うのは無理だ。

「まあ、家のなかで飼うような小さいのも、かわいいことはかわいいけどね。最近は、ウチみたいな家に住む人でも、ああいうのを飼ってるよね。散歩の手間がそんなにはかからないからなのかな」

「配達をしてると、この辺りでもたまに見ますよ。散歩させてるかたを」

「見るね。飼主が抱っこしたりしてる。あれじゃどっちの散歩かわかんないね」と民子さんが笑う。「前々からね、清には言われてたの。心配だから一緒に住もうって。でも、ペロがいるから無理だったんだよ。連れては行けないんで」

緑茶を一口飲み、ペットボトルのキャップを閉める。片岡泉さんに頂いたときとちがい、真夏ではないので、全部は飲みきれない。

「正直に言うとさ、ここを離れたくもなかったんだよね。だから、まあ、ペロを理由にしてたようなとこもあるの。そのペロもいなくなっちゃった。どうするかねぇ」

どうするのか。答は民子さん自身にしか出せない。もちろん、清さんの意向も大事だろう。でもせめて六対四ぐらいで民子さんの意向が優先されるといい。

「ではそろそろ失礼します」と言って立ち上がる。「口をつけてしまったので、お茶は、頂いてもいいですか？」

「持ってって、持ってって。お茶だけじゃなく、お菓子も持ってってよ」

「あ、いえ、それは」

僕が食べたのは一つだけ。二つは個別包装のまま残っている。

「休憩のときにでも食べて」

「じゃあ、すいません、頂きます」

緑茶のペットボトルと二つのチョコレートビスケットをバイクのキャリーボックスに入れ、ヘルメットをかぶる。

「ごちそうさまでした。ありがとうございます」

そう声をかけ、エンジンをかけて、バイクを出す。

敷地を出る際に思う。ペロのワフ！　がないのは、やはりさびしい。

＊　　＊

缶ビール、同じく缶の梅サワー、ピーチサワー、シークヮーサーサワー。明太ポテトのチーズ焼き、チンジャオロース、バンバンジー、といったコンビニのおつまみ惣菜。それに梅のり塩味のポテトチップスが二袋。あとは二人が到着してから宅配ピザを頼めば完璧。準備は万全。

そして約束の午後八時。から一時間十分遅れで、二人は到着した。

タクシーらしき車が停まる音が聞こえたので、インタホンのモニター画面の前で待ちかまえた。

ウィンウォーン。

受話器をとる。

「はい」

「遅くなりまして」と女性が言う。

百波だ。澄ましたその声音で、ふざけているのがわかる。

「待って」と返して受話器を戻す。

廊下を歩いて玄関に行き、カギを解いてドアを開ける。

つば付きの帽子をかぶり、口にはマスクをした百波がいる。すぐ後ろには、薄手のニット帽にダテメガネの春行。スターの二人だ。

「こんにちは〜」と百波。

「こんばんは〜」と春行。「夜分遅くにすいません。いい宗教をつくったんで、入ってくんない？」

「入らないよ」と苦笑混じりに言う。

「じゃあ、浄水器買わない？　水道水がさ、飲めるようになんの」

「水道水は飲めるよ」

「お邪魔しま〜す」と百波がなかに入る。

春行も続く。

「ピザ、もうとっちゃう？」と二人に尋ねる。

「とろう」と百波が答え、

「今電話すりゃちょうどいいだろ」と春行も答える。

二人がうがいだの手洗いだのをしているあいだに、僕がピザ屋さんに電話をかけた。頼むものは決まっている。クォーターナントカいう、四種類が一度に楽しめるあれだ。

今日は土曜。明日僕は休み。百波の仕事は夕方からで、春行の仕事は夜から。

ということで、久しぶりにスケジュールが合った。ただし、それだけでもない。今日は二人が来るにふさわしい理由がある。何と、百波が。

とその前にピザが来た。土曜にしては速い。二人が遅れたからだ。そのおかげで、ピークを外せたのだろう。

いつも、ピザ代は春行が出してくれる。ピザは三千円か四千円ぐらいなのに、二万円くれる。お札一枚ならともかく、二枚はおかしいので、いいよ、と僕は言うが、宿代、と春行は言う。宿代も何も実家でしょ。僕がそう言うと、春行はこう言う。厳密にはもうおれの実家ではないだろ。両親の離婚で春行は伊沢春行になったから、という意味だ。

今日も春行は僕にお金を渡そうとした。はずだ。前もって僕が断った。

「今日は僕が出すよ」

「は？　何でよ」

「だってお祝だから」

「いやいや。おれだって祝う側だろ。いいよ。おれが出す」

「いいって。出すよ」

「秋宏は次出せ」

「次じゃ意味ないよ。お祝にならない」

「何でもいいよ。テキトーに何か祝え。親父と母ちゃんの離婚二周年とか、秋宏とたまきさんの交際二周年とか」

「そっちはじき三周年だよ」

「もうそんなか。早ぇな」

「春行たちのほうが僕らより長いじゃん」

「そういやそうだ。何にしても、早ぇ」

「ピザ代の件はどうしたのよ」と百波がいい指摘。「わたしが払おうか？」

「それはないよ」と僕。

「祝われる側が払ってどうすんだよ」と春行。

「とにかく、今日は僕が出すから。ピザ代も、飲みもの代もつまみ代も。初めからそう決めてたんだ。たまには出させてよ」

そう言って、どうにか押しきった。

結局、何だかんだで、乾杯はピザが届いてからになった。

「じゃあ、乾杯の音頭は、金を出してくれた秋宏な」

「え？　そういうの、やるの？」

「今日はやる」

「じゃあ、えーと、福江ちゃん、おめでとう」

「マジでスゲえよな。おれ、映画で主演とかして調子こいてたら、あっという間に追い抜かれた」

「追い抜いてないよ」と百波。「主演でもないし」

「そこは関係ないだろ。評価されたことがスゲえよ。ノミネートだけで充分スゲえと思ったけど、とっちったからな」

「映画って、年に何百本もつくられるんでしょ?」とこれは僕。「そのなかで選ばれたんだからすごい。それだけ光ってたってことだよね」

「実際、光ってたしな」

「そう言ってくれるのはありがたいけど。ねぇ、乾杯は?」

「あ、じゃあ、乾杯!」

「結局春行が言ってんじゃん」と百波が笑う。

春行が百波のグラスに自分のグラスをカチンと当てる。次いで僕も百波のグラスに自分のグラスをカチンと当てる。最後に春行と僕が、カチン。

飲む。春行と僕はビール。百波は梅サワー。

「うめ～」と春行。

「幸せ～」と百波。

話を聞いたときは驚いた。僕は芸能情報や映画情報にくわしくないので、ノミネートの段階では知らなかった。春行も百波も、その時点ではまだ教えてくれなかった。結果が発表された日に春行が電話をかけてきて、言ったのだ。スゲえよ。百波、賞とっちった。と。

新聞社が主催の映画賞。発表は十一月で、授賞式は十二月。その授賞式が、ついこないだ終わったばかりだ。

映画『カリソメのものたち』。小倉琴恵さんという人の小説が原作で、兄の小倉直丈さんという人が脚本を書いた。監督は都丸聡一さん。今後をかなり期待されている人らしい。

主演は、飛ぶ鳥を落とす勢いの鷲見翔平。僕が知っているところでは、ほかに正岡鉄斗や荒川キノ子も出ている。それと、百波。

その百波が、映画初出演にして助演女優賞をとったのだ。

「ほんと、すごいよ」と言う。

「すごくはないよ」と百波が返す。「いくつかある映画賞のなかの一つだもん」

「いや、スゲえだろ」と春行。「映画初出演で受賞はすごい。よくくれたよな、賞」

「それはわたしも思う。よくくれたなって。いろいろありそうじゃない。事務所のしがらみとか」

「でも百波の事務所はバカみたいにデカいわけじゃないんだから、やっぱ演技で勝ちとったってことだろ」

「そんな感覚はないけどね」

「おっ。天才発言」

「そうじゃないよ」

「おれの『リナとレオ』なんて、そんなの一つもなかったからな。ノミネートすらゼロ」

「でもおもしろかった。賞向きの映画じゃなかっただけでしょ」

「助演女優賞女優に言われるとうれしいな」

「うわぁ、ムカつく」

そうは言うものの、百波は笑っている。春行も同じだ。もちろん、僕も。

「今日、たまきさんにも会いたかったなぁ」

「たまきも会いたがってたよ。でも今やってる仕事の締切があさってなんだって。ぎりぎりみたい。もしかしたら徹夜かもって言ってた。三十で徹夜はキツいって」

「たまきさん、三十になったの？」

「うん。二つ上だから」

「そっかぁ。でも若いよね。三十には見えない」

「たまきは、福江ちゃんが二十六には見えないって言ってたよ」

「映画の役の歳は、あれ、いくつ?」と春行が尋ねる。

「二十一」と百波。「秋宏くんも、観てくれたんだよね?」

「観たよ、たまきと」

「どうだった?」

「おもしろかったよ」

「無理してない?」

「してない。たまきは、あとで小説も読んだみたい。僕も読んでみるよ」

『カリソメのものたち』は、本当におもしろかった。去年の春行の主演作『リナとレオ』もおもしろかったが、あれとはまたちがうおもしろさがあった。

『リナとレオ』は、楽しかった。あえてそうとわからせるワイヤーアクションでボロボロになった春行。弟なのに、笑えた。

『カリソメのものたち』には、そういうのはなかった。

近い将来の取り壊しが決まっているコーポカリソメというアパートに住む人たちの話だ。ワンルームのアパートは多くの人たちにとって仮初(かりそめ)の住まい。ということで名づけられたコーポカリソメ。初めは無関係だったそこの住人たちが、徐々にゆるやかなつながりを持ちつつ、一人また一人とアパートを去っていく。次への一歩を踏みだしていく。そんな話。

映画を観ながら、カーサみつばを思いだした。たまきが住むアパートだ。

あのカーサみつばも、一時期、古くはないのに取り壊されることになっていた。四葉に住む大家さんの今井博利さんがそう決めたのだ。今井さん自身が歳をとってきたので、いきなり亡くなって居住者さんたちに迷惑をかけたりすることがないように、と。

でも娘さんの容子さんが福岡から戻ってきたことで状況は変わった。容子さんが博利さんのあとを継いで管理人になり、カーサみつばは存続することになったのだ。

「映画に郵便配達の人が出てきたでしょ?」と百波が僕に言う。「あれ、だいじょうぶだった? リアリティ、あった?」

「あったと思うよ。夏にちゃんと、暑、暑、暑、暑、暑って言ってたし」

「そこ?」

「うん」

「配達の仕方がどうとかじゃなく?」

「配達も、おかしくはなかったよね。書留でハンコもらってたし」

「そりゃもらうでしょうけど」

「リアリティってそういうことだろ」と春行が言う。「その、暑、暑、暑、暑、こそが局員にとっての日常。実際の仕事の手順とかそういうのは、よっぽど的外れでなきゃ、どうでもいいんじゃねえの？　まあ、書留でハンコもらわないのはマズいけど。マズいんだろ？　秋宏」

「マズいね、さすがに」

「そういやさ、たまに思うけど。現金書留とかって、あれ、局員が勝手にその名前のハンコを捺して、もらっちゃったりしたら、わからないんじゃねえの？」

「いや、バレるよ。記録はしてるから。その日の配達者が誰かもすぐわかるし。特にお金なら、差出人さんが受取人さんに言うでしょ。送りましたからって」

「あぁ、そうか」

逆に言うと。差出人さんが言わなかったら、しばらくはバレない可能性もある。受取人さんが、もらったと差出人さんに必ず報告するとも限らない。

「わたし、あのシーンは、秋宏くんに書留を届けてもらったつもりでハンコを捺してたよ」

「なかにはハンコそのものを僕らに渡してくる人もいるよ。でもほとんどが年配の人で、若い人はそうでもないから、その意味でもリアリティはあったんじゃないかな」

「そうか」と春行。「じゃ、あのハンコシーンで受賞が決まったんだな。秋宏相手のつもりだから、心がこもってたんだ。で、審査員も感動」

その冗談はスルーして、百波は言う。

「でもわたしさ、賞なんかもらっちゃって、どうしていいかわかんないよ」

「何でよ」

「だって、監督に言われたようにやっただけだもん。自分では何も考えてないよ。だから、演技をしたって実感も、そんなにはない」

「監督に言われたようにやれちゃうことがスゲえんだよ。おれなんて、NGだらけだからな。監督に言われんのはこればっかり。ちがう、ちがう、ちがう、ちがう。じゃ、お前やれよって、いつも言いそうになる」

「わたしもなるよ。NGだって出すし」

「けど都丸監督がインタヴューで言ってたじゃん。百波ちゃんは言われたことをすぐにこなしたって」

「お世辞でしょ。百波は言われたことをこなせなかった、とは言わないよ」

「おれ相手だと、監督はみんな言うけどな」

「それは春行が言っていいキャラだからでしょ」

「そんなキャラ、あるか?」

「あるよ。だから春行はみんなに好かれて、つかってもらえるんだよ」

「おれ、みんなに好かれてる?」

「好かれてる」

「じゃ、いいや。インタヴューでの悪口、オーケー。言っちゃって言っちゃって」

ピザを食べる。四種類のなかから百波に好きなのを選んでもらい、残りを春行と僕で分ける。ほかのつまみも食べる。梅のり塩味のポテトチップスも食べる。そして、飲む。春行と僕はずっとビール。百波はサワー。梅→ピーチ→シークヮーサー。

「賞をもらったんだからさ」と春行が百波に言う。「映画のオファー、じゃんじゃん来んじゃねえ? つーか、もう来てるか。次は主演で、とか」

「いくつかは来てるみたい。都丸監督も、一緒にもう一本やりたいって言ってくれたし」

「おぉ。マジかよ。おれも出してくんねえかな」

「都丸さんは大手で映画を撮るタイプじゃないから、春行は無理でしょ。出演料が高すぎるよ」

「じゃ、おれの代わりに秋宏でいこう」

「また?」と言ってしまう。

前にもそんな話があったのだ。素人の僕が春行と一緒にテレビのドラマに出るという、あまりにもバカげてはいるがそれなりに実現の可能性も高かった話が。

「おれ役、春行役が、秋宏。で、本人役の百波と絡む」

「何それ」と僕。

「だったらいいかも」と百波。

「マジでおもしろいかもな。同棲中の春行と百波の話。これぞまさにのリアリティドラマ。でも春行役は弟。話題にはなるだろ」

「いやだよ」と早めにはっきり言っておく。

変に脈ありと見た春行の事務所の社長さんが乗りだしてきてはたまらない。

「もしさ」と百波が春行に言う。「わたしたちの共演の話が本当に来たら、どうする?」

「百波とおれの?」

「そう」

「そりゃやるだろ。助演女優賞女優との共演。大喜びでやっちゃうよ。『スキあらばキス』以来だしな」

『スキあらばキス』。春行と百波が共演したテレビドラマだ。それがきっかけで、二人は付き合うようになった。

「でもさ、もしかしたらだけど」

「何？」

「あとで別れたりするかもしれないじゃん」

ドキッとした。春行がじゃなくて、僕が。

当の春行はあっさり言う。

「それはそれだろ。仕事とは関係ない。そんな例は過去にいくらだってあるしな」

「あるけど」

百波はやや不満げな顔でシークヮーサーサワーを飲む。そして梅のり塩味のポテトチップスを食べる。サクサクサクサク。

「だいじょうぶ。おれらは絶対に別れないよ。とか言ってほしかった？」

「別に」

「だいじょうぶ。おれらは絶対に別れないよ」

「バ～カ」と百波が笑う。

「とにかくさ、やりたい仕事は全部受けちゃえよ。おれとの共演でも、秋宏との共演でも」

「やりたい仕事かぁ。わたし、ドラマよりはバラエティのほうがやりたいかも。街歩きのロケとか、すごく好きだし」

「あれは楽そうに見えて、セッティングのための待ち時間とか、結構あるよな」

「うん。でもその待ち時間も好き。ほかの出演者さんとかスタッフさんとかとおしゃべりしたりできるから」

「けど事務所は女優のほうにいかせようとするだろ。賞をもらったし。実際、演技うまいし」

「わたし、うまい?」

「うまい」

「正直に言っちゃうと、よくわかんない。うまい演技って、何? さっきもあえてその言葉を出したけど、リアリティがある演技ってこと? だとしたら、リアリティって、何?」

「うーん」と春行は考える。珍しく、胸の前で腕を組んだりする。「と、こんなふうに腕を組んだら、もうそこにリアリティはないよな。けど、テレビのドラマなんかではその手のわかりやすさを求められることもある」

「どうすればいいんだろうね。春行はどうしてんの?」

「おれが心がけてんのは一つだな。いや、二つか。演技のための演技になんないよう気をつける。でも監督がやれと言ったらやる」

「おぉ」と僕が言う。

「おお、じゃねえよ。そんなの、素人だって考えるだろ」

「考えないよ。僕は素人だけど、考えない。いつも、役者さんは演技うまいなぁ、と思って見てる」

「みんながみんなそう見てくれるわけじゃないのよね。あの演技は大げさだとか、あのセリフは棒読みだとか、いちいち言ってくる人もいる」

「大げさな演技は、ほとんどが演出のせいだけどな」と春行。「でも見る側はそこまで考えてくんない。見えるものについてだけ考える。見えるやつの責任にしたがる。まあ、それでいいんだけど」

「うん」と百波。

「棒読みのほうもそうだよな。普段のしゃべり方自体がセリフの棒読み口調。そんなやつも結構いる」

「いる？」と訊いてしまう。

「いるよ。演技として見てないから気にならないだけ」

「あぁ。なるほど」

「と偉そうなことを言いつつ、あ、おれ、やっぱ下手だわ、と思うこともあるけどな」

「あるある」と百波。「というか、毎日そう」

「おいおい。オスカー女優がそんなこと言うなよ」

「オスカー女優じゃない」

笑う。

春行と百波。スターの二人がこんな会話をしているとは、誰も思わないだろう。いや。むしろ、してそう、と思うのか。

雑談に混ざった、演技に関する会話。二人にしてみれば何でもないことだろう。でもちょっと感動する。僕にはとても踏みこめない領域だ。タレントさんには運も必要だが、運だけではやっていけない。春行と百波は、やはりちゃんと選ばれているのだと思う。

さっきは二人がともにさらりと流してしまったが。僕は今なおうまいお祝ビールを飲みながら、密かにこんなことを考える。

映画での共演はしなくてもいいから、二人には絶対に別れてほしくない。いずれみつばベイサイドコートに住む二人、セトッチと未佳さんのようになってほしい。

＊　＊

篠原ふささんは、氏家民子さん同様、大きな一戸建てに一人で住むおばあちゃんだ。篠原さん宅の敷地は、氏家さん宅のそれよりもさらに広い。

舗装されてない長さ百メートルほどの砂利道を通って、その篠原家に行く。その一軒に配達するためにこの道を往復しなければならない。僕はバイクだからいいが、ふささん自身は大変だろう。隣家が遠いという意味ではセキュリティ度も決して高くはない。

バイクで広い庭に入っていくと、そこにふささんがいた。裏の畑から戻ってきたところらしい。

「こんにちは。郵便です」

「ごくろうさん」

いつもは納屋の木の柱に掛けてある郵便受けに郵便物を入れるのだが、今日は手渡しする。ハガキが一通。

言ってくれちゃうんだろうなぁ、と、図々しくも、僕は予想する。その予想を絶対に裏切らないのがふささんだ。

「ちょうどよかったよ。郵便屋さん、お茶飲も。入れるから」

「すいません。ありがとうございます」

　こうして顔を合わせると、ふささんは必ずお茶を入れてくれる。普通なら一度は断るのだが、僕はもう断らない。断ったところで、ふささんは入れてくれるのだ。お茶を入れてくれるというせっかくのご厚意を、二度も三度も断れない。

　たまには裏の畑でつくったトマトもくれる。一度、千円をくれようとしたこともある。理由は、郵便屋さんがいつも配達をしてくれるから。つい笑いそうになった。そしてあわてて言った。あ、いえいえ、仕事ですし、お気持ちだけで結構ですから。

　バイクから降り、ヘルメットをとる。いつものように、縁側に座る。あ、座ってと言われる前に座っちゃったよ、と気づき、急いで立ち上がる。言われる。

「ん？　どうした？　座って」

「はい。失礼します」

　座る。

「寒いのに、こんなとこですまないね。わたしも戻ったばかりで、暖房をつけてないもんだから」

「僕はだいじょうぶです。バイクに乗ってても寒くないぐらい着こんでますし。止まってればちっとも寒くないです」

ちっともは大げさだが、まあ、本当だ。寒がりの僕は、真冬には一番上の防寒着を含めて六枚着る。自分でも笑ってしまうくらいモコモコになる。何というか、ロボット感が出る。

ふささんがお茶を入れてくれているあいだ、広い庭を眺める。

篠原家は、まさにふささん一人。犬は飼ってない。昔は飼っていたらしいが、それはかなり昔。僕がみつば局に来たときはもういなかった。

ただ、そのときはまだ一人ではなく、ご主人の謙造（けんぞう）さんがいた。ご夫婦で暮らしていたのだ。謙造さんは去年亡くなった。配達原簿に、もう名前はない。

ふささんが、湯呑二つと菓子器を載せたお盆を持ってきてくれる。それを置き、自身も正座して、言う。

「はい。どうぞ」

「いつもすいません。いただきます」

「ごめんよ。今日はおせんべいが一種類しかなかった」

「充分です。ありがとうございます」

お茶は緑茶。一口飲み、おせんべいを食べる。久しぶりに食べるのり巻きせんべい。しかも風味がこれ。梅！

「いやぁ、おいしいです。梅」

「あぁ。そういえば、梅だねぇ」

　ふささんもお茶を一口飲む。あ、そうだ、とすぐに立ち上がり、タンスの上にあったものを持ってきて、また座る。それを僕に向けて置く。

　封書だ。最近はもうあまり見なくなった薄紙の茶封筒。切手が貼られ、宛名が書かれている。

「これ、持ってってもらっていいかい？」

「はい」

「孫がたまに手紙をくれるんでさ、その返事。わたしは、ほら、メールだの何だのがやれないから、孫は手紙をくれるの」

「海斗(かいと)くん、ですよね？　お元気ですか？」

「あれ？　郵便屋さん、知ってるんだっけ」

「知ってます」

「ここには半年しかいなかったけど。覚えてるの？」

「覚えてますよ。こうやってお茶とお菓子を頂きながら、何度かお話もさせていただきました」

「そうか。覚えててくれたなんて、うれしいね。海斗が知ったら喜ぶよ」

「海斗くんは、覚えてないんじゃないですかね」

覚えてるとしても、漠然とだろう。郵便屋と何か話したな。その程度。でもそれで充分うれしい。現に、そう推測するだけで楽しい。

「今は、南千住でしたっけ」

「そう。そこのマンション」

封書に記された住所は、そのもの南千住。宛名は、山村（やまむら）海斗様。名字が変わっている。ここにいたときの海斗くんは、篠原海斗くんだった。母親の皆子（みなこ）さんが離婚して、旧姓に戻ったのだ。で、皆子さんが再婚し、今は山村海斗くん。その名字は初めて知った。

名字が何度も変わるのは大変だが、氏名に山と海が入るのは、たまたまとはいえ、何かいい。西と南が氏名に入るのが何かいい四葉自教の小西陽南子さんみたいなものだ。

でも篠原さんではなくなってしまったのだからふささんにそんなことは言えないな、と思っていたら、そのふささん自身が言う。

「ウカイから篠原に戻って、今度は山村。山と海がそろったのはいいけどねぇ」そしてこう続ける。「ダンナさん、海斗の新しいお父さん。皆子より歳下なの。いい人はいい人なんだけど、ちょっと頼りなくてね。成人式の成人て書いて、ナルヒト。でも皆子にはセイジンて呼ばれてる。わたしはちゃんとナルヒトさんて呼びなさいっていつも言うんだけど」

「海斗くんは、どう呼ぶんですか?」

「お父さんて呼んでるよ。皆子もせめてそう呼べばいいのにねぇ。そういうとこがよくないんだよ、あの子は」

「でも、そのくだけた感じがいいんじゃないですかね。海斗くんにしてみれば」

「どういうこと?」

「お二人がそんな感じだから、海斗くんもすんなりお父さんと呼べたみたいなところも、もしかしたらあるんじゃないかと。すいません、勝手なこと言って」

「いやいや。まあ、そういうとこは、確かにあったかもしれないね。海斗が皆子の再婚をいやがることもなかったし」

それは何よりだ。海斗くんがふささんに手紙を出してくれるのもうれしいし、ふささんが返事を出してくれるのもうれしい。

でも海斗くん、さすがにもう田中舞美(たなかまいみ)ちゃんに手紙を出してはいないだろうな。

田中舞美ちゃん。その名前がすんなり出てきたことに自分でも驚く。僕が海斗くんと話すようになったきっかけ。それがその田中舞美ちゃんだ。

学校の夏休み中だった。僕がバイクで庭に入っていくと、待ちかまえていたかのように、当時小三の海斗くんが家から出てきた。そして言った。田中舞美ちゃんからぼくに手紙きてない？

きてなかった。くることになっているわけでもなかった。

話を少し聞いて、事情を悟った。海斗くんは、夏休み中に四葉へ引っ越してきた。二学期からは四葉小に通うことになっている。で、前の学校で一緒だった田中舞美ちゃんのことばかり考えている。一言で言ってしまえば、大好き。大好きすぎて、約束をしてもいないのに、手紙が来るのではないかと期待している。自分がこんな気持ちなのだから田中舞美ちゃんも同じなのではないかと思っている。

それで僕自身、出口愛加（でぐちあいか）ちゃんのことを思いだした。僕にとっての田中舞美ちゃん。初恋の人だ。一度だけ、夏休みに公園で一緒にアイスを食べた。二人きりでだ。緊張した。にもかかわらず、僕はいつもどおり、ソーダ味のアイスを嚙まずに最後までなめきった。平本くん、アイス食べるのうまいね、わたしはすぐ嚙んじゃう、とほめられた。それだけ。小三での僕の初デートは終わった。

その後、四年に上がるときに転校してしまったので、出口愛加ちゃんとは何もなかった。が、僕も海斗くんと同じように、手紙こないかなぁ、と期待した。こなかった。くるわけない。約束してないのだから。出すよ、と僕自身、言ってもいないのだから。

余計なお世話と知りつつ、僕は海斗くんに言ってしまった。手紙、自分から書いたほうがいいんじゃないかな。海斗くんはその場で身をよじって言った。うぅぅぅぅぅん。

でも出してくれた。そのことを、あとで知った。南千住に引っ越す前に海斗くんが話してくれたのだ。田中舞美ちゃんに自分から手紙を出し、返事が来たことを。余計なお世話だったかとそのときもまだ思っていたので、それは相当うれしかった。

「海斗くん、六年生ですか？」とふささんに尋ねてみる。

「そう。六年。年が明けたら中学生になっちゃう。早いもんだね」

「早いですね」

「今はサッカーなんてやってるよ」

「そうですか」

「結構うまいらしいよ。といっても、母親の皆子が言うことだから、あてにはなんないけど。だからさ、成人さんにも訊いちゃったよ。海斗うまいの？　って」

「成人さんは、何と」

「うまいですよって。まあ、こっちもわかんないよね。まさか下手だとは言えないし」

そんなことを言うふささんはちょっとうれしそうだ。海斗くんがうまいこともうれしいだろうが、何というか、皆子さんも成人さんも含めた全体としてうれしいのだと思う。

「こないだね、皆子に言っちゃったよ。あんたたち、こっちに住めばいいんじゃないかって。その南千住のマンション、家賃が高いの。なのに、成人さんの会社にそう近いわけでもない。だったらここから通ってもいいんじゃないかと思ってさ。家賃はタダなんだし」

「それは大きいですよね」

「何だろう。この家を、皆子の代でも残しておきたいんだよね。謙造さんのお父さんから受け継いだものだしさ。海斗が中学に上がる前にどうかと、思うんだけどね。サッカーはこっちでもできるだろうし。名字は山村のままでいいの。わたしまでもがそうなるわけにはいかないけど、皆子たちはいい。もしこっちに来てくれたら、また犬も飼えるんだけどねぇ」

「犬ですか」

「うん。海斗も飼いたいって言ってたの。こないだの手紙にもそう書いてた。ばあちゃんのとこなら飼えるのにって。だからわたしもこの手紙に書いちゃったよ。ここなら大きい犬も飼えるよって。皆子と成人さんに、変な意味にとられなきゃいいけど」

「変な意味には、とらないと思いますよ」

「まあ、皆子も犬は好きだからね」

「前はどんなのを飼ってらしたんですか?」

「柴犬。だから大きくはなかったけどね。もっと大きいのがいいって海斗が言うならそれでもいいよ。あの、外国の犬ね。横文字名前の。ほら、あるじゃない。セント、何だっけ」

「バーナード、ですか?」

「それ。ほかにもいろいろあるよね?」

「ゴールデンレトリーバーとか、シベリアンハスキーとか」

「そうそう。何だかよくわかんないけど、何でもいいんだよ。飼っちゃえば、何だってかわいいから。でも、まあ、無理かねぇ。東京のほうが、いろいろ便利だし」

二つめののり巻きせんべいを頂き、お茶を飲む。梅の風味と緑茶の渋味が口のなかで混ざる。四葉小の職員室で鳥越幸子先生に入れてもらった梅こぶ茶を思いだす。あれもおいしかった。人が入れてくれたものは、何だっておいしい。

まだ温かいうちにお茶を飲み干して、立ち上がる。

「ごちそうさまでした。お手紙、お預かりしますね」

「悪いねぇ。お願いします」

バイクのところへ行き、ヘルメットをかぶりながら、今一度、広い庭を眺める。ここに似合うのはやはり柴犬かな、と思う。白い紀州犬にしてくれたら、それはそれでうれしい。

「では失礼します」

「ごくろうさんね」

バイクに乗って、篠原さん宅をあとにする。百メートルほどの砂利道を走る。

サッカーボールをドリブルしてくる想像上の海斗くんとすれちがう。小学三年生を、中学一年生に修正。着ていたTシャツとハーフパンツも、四葉中の制服に修正。

＊　＊

ということで、気分よく残りの配達を終え、みつば局に帰ったのだが。

そこで僕は、あらららららら、となる。

マズい。かなりマズい。

篠原さん宅では気づかなかった。冬の午後で、曇り空。とはいえ、昼は昼。部屋の明かりはつけられていなかった。

でも煌々と明るい局の蛍光灯の下では気づいた。お預かりした封書を郵便物として差し出そうとしたまさにそのときに気づいた。

お札が、入ってる？

おふだ、ではない。おさつだ。お金。おそらくは五千円札。

封筒が薄いので、透けて見える。なかの手紙に挟んでいたが、ちょっとずれたのかもしれない。便箋が小さく折られていたため、そうなってしまったのかもしれない。

海斗くんに返事の手紙を出しついでのおこづかい、なのだろう。手紙だけでは何だから、ということなのだろう。何せ、ただの郵便屋の僕にでさえ千円をくれようとしたふささんだ。ついついお金も入れてしまったのだろう。

わかる。わかるが、普通郵便で現金はマズい。

うーむ。と、僕は封書を手に考える。

しようと思えば、気づかなかったふりもできる。このまま差し出してしまうこともできる。一番楽なのはそれだ。何もしない。動かない。

僕自身、たまたま気づいただけ。途中途中でこの封書を扱う局員も、南千住で配達する局員も、気づかないだろう。高い確率で、封書は普通に配達される。海斗くんの手に届く。

海斗くんは封を開け、おばあちゃんからの手紙を読む。五千円が入っていたことに驚き、たぶん、喜ぶ。さすがおばあちゃん、と思うかもしれない。まだ小六。普通郵便で現金を送れないことには思い至らないかもしれない。

でも。

こうなっては無理だ。僕が無理。

ふうっと息を吐き、もう一度封書を見る。五千円札。入ってる。

速やかに小松課長のところへ行き、事情を話した。四葉のお宅で郵便物をお預かりしたこと。そのときは気づかなかったが、帰局後、お金の封入に気づいたこと。

「現金書留にしてほしいとお願いしようと思うんですけど。これから行ってきていいですか？」

「うん」と小松課長は言う。「そうしてもらうしかないね」

「すいません。その場で気づけばよかったんですけど」

「しかたないよ。行ってきて。超勤はつけるから」

「あの」

「ん？」

「さすがに今回はいいですよ。僕のミスなので」

「いや、ミスではないよ。むしろよく気づいた。高齢の人なら悪意はないだろうけど、ダメなものはダメ。それは知っておいてもらわないと。今後もこれでいいと思われないように」

「はい」

「だからこれも立派な仕事。超勤はつけるよ」課長は僕の顔をチラッと見て続ける。「つけなかったら、僕が突き上げを食っちゃう」

今のはもうわざとだろう。課長はわざと言ってる。このやりとりを楽しんでる。

笑顔にならないよう気をつけ、僕は言う。

「じゃあ、いってきます」

十二月。午後五時すぎ。外はもう暗い。夜と言ってもいい。寒い。

せっかく脱いだ防寒着の上下を着直して車庫へ行き、水で洗ったばかりのバイクを出す。そして四葉へ。

今日三度めの砂利道を、今度は自分がサッカーボールをドリブルしているつもりで走り、篠原さん宅へ到着する。すでに雨戸は閉められているが、バイクの音に気づいてくれたのか、ふささんが自ら出てきてくれる。

玄関のわきにバイクを駐め、ヘルメットをとる。

「こんばんは。何度もすいません」

「どうした？　忘れもの？」

「いえ。ちょっとお話が」

「あ、そう。じゃあ、寒いから玄関で」

引戸から広い三和土に入る。ふささんだけがサンダルを脱いでなかに上がる。

二人、向き合って立つ。ふささんは小柄なので、それで顔の高さがちょうど同じになる。

「先ほどお預かりしたこちら」と海斗くん宛の封書を見せる。「僕がよく確認すればよかったんですが」

「何？」

「なかにお金が、入ってますか？」

「うん。入れた。五千円」

「あぁ。やっぱりそうですか」

「海斗のおこづかいにと思ってね」

「それは、ちょっとマズいんですよ」

「ん？」

「普通郵便でお金は送れないことになってまして。その際は、現金書留を利用していただくことに」

「現金書留」とふささんはその言葉をくり返す。「そうか。そういえばそうだね。お金はダメだ。いけないいんだね」

「はい」

「ごめんごめん」

「いえ。僕がさっきお訊きすればよかったです。お金は入ってませんよね？　と」

「そんなこと訊かないでしょ」とふささんは笑う。「でもさ、こう言ったら何だけど、入れちゃっても、わからなくない？」

「わからない場合もあるかもしれません」とそこは認める。「でも、すいません、わかっちゃいました」

　あらためて思う。薄紙の封筒をつかうくらいだから、隠す気なんてなかったのだろう。現金は送れないことを知ってはいたかもしれないが、悪気はみじんもなかったのだろう。

「もしそれでなかのお金がなくなったとしても、補償はできないんですよ」

「だけど郵便は届くでしょ？　ありがたいことに、これまで、出したものが届かなかったことはないよ」

「そう言っていただけるのはうれしいです。でも例えばの話、なかにお金が入ってることに気づいた誰かがとってしまう可能性がないとは言えません」

「郵便屋さんがそんなことしないでしょ」

「しないと思いたいです」

本当に思いたい。ただ、実際にとるとらないでなく、とりやすい状況になってしまうことは確かなのだ。書留料金を渋って故意にそれをした差出人さんが名乗り出ないことはわかっているから。

人間には魔が差すこともある。魔の程度はそれぞれだが、差してしまうこと自体は、たぶん、誰にでもある。そうならない状況をつくらなければいけない。

「あとは、郵便受けからとられてしまう可能性もあります。書留でなければ、お手渡しはしませんので」

「それでお金がなくなったら、もったいないね」

「そうですね」

「じゃあ、どうしたらいい？」

「お手紙だけにするか、現金書留にお手紙を同封するという形でお願いします」

「現金書留だと、今郵便屋さんには頼めないんだよね？」

「はい。窓口にお越しいただくことに」

「わかった。手紙だけにするのはさびしいから、明日、局さんに行くよ」

「ありがとうございます。ではこちらを」

ふささんに封書を渡す。お預かりしておいて、お返ししなければならない。心苦しい。

「ごめんね。郵便屋さん」

「いえ。僕のほうこそ、何かすいません。お茶もお菓子も頂いておいて、こんな」

「いやいや。遅い時間にわざわざ来させちゃって、ほんと、申し訳なかったよ」

「それはだいじょうぶです。仕事ですので」

「またお茶飲んでいく?」

「あ、いえいえ」

「お詫びにいくらか渡したいとこだけど。郵便屋さんは、受けとってくれないもんね」

「はい。さすがにお金は」

「個人的なお詫びだから、いいと思うんだけどね」

「お気持ちはうれしいです。ありがとうございます。でも、いつものお茶とお菓子だけで、充分、頂きすぎです」

「手紙は書き直すよ」とふささんは言う。「お金を普通に郵便で送っていいと海斗に思われたらいやだからね。わたしがズルいことをしたと思われるのもいやだし。最後に一言書いとくよ。おばあちゃん、郵便屋さんに怒られちゃった、海斗もお金を送るときは現金書留にしなきゃダメだよって」

「いえ、あの、別に怒っては」

「そうだね」とふささんは笑う。「お願いされた、にするよ」

「お願いします」と僕も笑う。「では失礼します。今度こそ、本当に」

外に出て、ヘルメットをかぶり、バイクに乗る。寒いのに見送りに出てきてくれたふささんに頭を下げ、篠原さん宅をあとにする。

例の砂利道を戻り、くねくね道経由で、みつばにかかる陸橋へ。

そこを上り下りしているときに、ふと思う。

法律がどうとか、規則がどうとかではない。これについては、郵便がどうとかですらない。簡単なことだ。それでいて、肝心なことだ。つまるところ、こう。

つかうにせよ、扱うにせよ。

お金は大切に。

# 幸せの公園

僕ら郵便配達員の忙しさのピークは一年の初めに来る。初めも初め。元日だ。山の頂がそこ。実際に目がまわるように忙しいのはその前、年末。で、元日にドーンと一斉に年賀状を配達し、返り年賀への対応もしつつ、ゆっくりと山を下りていく。

今回の年賀では、かなりうれしいことがあった。

柴崎(しばざき)みぞれちゃんと柳沢梨緒(やなぎさわりお)ちゃんがアルバイトに来てくれたのだ。

二人はみつば南中出身。二年前、中二のときの職場体験学習でも来てくれた。その際、休憩時間中に郵便課から集配課の僕のところへやってきた。そして柴崎みぞれちゃんが言ってくれたのだ。高校生になったら、お正月のアルバイトするよ。郵便屋さん、それまでいてね。そのときが僕はみつば局三年めで、今が五年め。どうにかいることができた。みぞれちゃんと梨緒ちゃん、まさか本当に来てくれるとは。

年末の午前中。二人は、そのときもまた休憩時間を利用して郵便課から集配課へやってきた。

「あ、いた！」と声が聞こえてきた。

中二から高一。一目で、とはいかなかったが、二目ぐらいではわかった。

「あ、みぞれちゃん。と梨緒ちゃん」

「すごい！　名前まで覚えてる！」

二人は小走りに寄ってきた。

「相変わらず似てる」とみぞれちゃんが言い、

「そっくり」と梨緒ちゃんが言った。

「ほんとに来てくれたの？　アルバイト」

「行くって言ったんだから行くよ」とみぞれちゃん。「何、来ないと思ってたわけ？」

「いや、そうじゃないけど」

「じゃ、忘れてたんだ。ショック」

「いや、忘れてもいないよ」

みぞれちゃんは、自分たちの近況を話してくれた。みぞれちゃんはみつば高一年で、梨緒ちゃんは西高一年だという。

「梨緒のほうがわたしより頭いいの。だから西高」とみぞれちゃん。

「そんなに変わらないいじゃない」と梨緒ちゃん。

「変わるよぉ。偏差値三はデカい」そしてみぞれちゃんは僕に言った。「さて問題です。わたしの部活は何でしょう?」

「うーん。そんなふうに言っておいて、帰宅部」

「ブーッ。正解は、演劇部」

「ほんとに?」

「ほんとに。いつか春行と共演してやろうと思って入った。梨緒はね、書道部。字、激うま。うま過ぎて、読めない。賞とかとっちゃってる。カットモデルもね、今も二人でやってるよ。髪が伸びるのを待って、カット。そのくり返し。タダだからうれしい」

「みぞれはお店に写真を飾ってもらったんですよ」と梨緒ちゃん。

「そうなの?」

「はい。みぞれだけですけど。わたしは落選」

「ちょっと。落選とか言わないでよ」とみぞれちゃんはやや怒る。

仲がいい二人だ。高校はちがう今も仲がよくて、僕もちょっとうれしい。

みぞれちゃんはみつばベイサイドコートのB棟に住んでいる。初めて会ったのは、書留の配達でお宅を訪ねたときだ。ご不在だろうと思っていたところへ、みぞれちゃんが出てきた。平日の午前中に中学生が在宅。でも病欠ではないと自ら明かしてくれた。

それからみぞれちゃんは、僕の配達を見に来るようになった。一階のエントランスホールに下りてきて、僕が集合ポストに配達するのをただ見ているのだ。

じき話をするようになり、事情を知った。学校の先生にも臆せず意見する母親の敦子さんが原因で、不登校になっていたのだ。でもみぞれちゃんは最後までその原因を敦子さんには明かさなかった。そして何度も訪ねてきてくれた梨緒ちゃんのたすけもあり、二十日ぐらいで登校を再開した。

初めてカットモデルをやったのは、その休んでいたときだ。僕も、やることをすすめてしまった。みんなが経験できることじゃないから、軽い気持ちでやってみればいいんじゃないかな、と。

そんなみぞれちゃんが、演劇部。おもしろい。本当に春行と共演する日がきたりして。でもカノジョ役なんかだと、ちょっと困る。僕は春行の弟目線でなく、みぞれちゃんの父親目線で見てしまいそうな気がする。何にせよ、がんばってほしい。助演女優賞も狙ってほしい。

で、今回の年賀では、もう一つうれしいことがあった。

同じみつばベイサイドコート絡み。みぞれちゃんがB棟であるのに対し、A棟。といっても、一〇〇二号室の瀬戸家ではない。三〇六号室、大島家。

といっても、卓くんではない。お母さん。若子さん。

その大島若子さんから年賀状がきた。誰にって、僕に。

そのハガキは、一月三日に美郷さんの手で配達された。局宛のものを仕分けしていたら見つけたらしい。

「ごめん」と美郷さんは言い、僕にそのハガキを渡した。「ハガキなんで、つい読んじゃった。うれしいね、こういうの」

そしてまた自分の仕事に戻っていった。

僕はその年賀ハガキを見た。

表はこう。

みつば郵便局
みつばを配達の　平本様

おもしろい宛名だ。みつば郵便局平本様、だけでも、まちがいなく届く。でもそこまでは知らない大島若子さんは万全を期したのだろう。自分が知っている情報を足したのだ。ヒントになればと思って。

そして裏はこう。

平本様
突然のお便りですみません。ベイサイドコートA棟の大島若子です。いつもお世話になっております。

さっそくですが。卓から話を聞きました。配達していただいたテストの結果通知。卓が開封し、処分してしまったとのこと。それなのに大変失礼なことを言ってしまいました。申し訳ありませんでした。

お電話で直接とも思ったのですが、それでは郵便局さんの利益にならないとも思い、おハガキにさせていただきました。平本さんの漢字は、これで合っていますよね？　もしまちがえていたらごめんなさい。

ついでのようで恐縮ですが。あけましておめでとうございます。これからも郵便を利用させてもらいます。

大島若子

あぁ、と思う。卓くん、話したのか、と。話してくれたのか、と。

それでこのハガキ。こちらこそ恐縮してしまう。平本で合ってます、比良元とかではないです、と今すぐ言いたくなる。

加瀬風太さんがかもめ~るをつかってくれたように、大島若子さんは年賀ハガキをつかってくれた。こちらに関しては、年賀ハガキが家にあったから僕に出すことを思いついた、というわけではないだろう。でもきっかけにはなったかもしれない。

何であれ、うれしい。この件とは無関係な美郷さんまでうれしくさせてしまうのだから、当事者の僕は本当にうれしい。

だから初めて、受取人さんに年賀状を出した。これぞまさにの返り年賀だ。

大島若子様
おハガキありがとうございました。お気遣いに感謝します。卓くんにもよろしくお伝えください。

あらためまして。

あけましておめでとうございます。今年もよろしくお願いします。

みつば郵便局　平本秋宏

＊　　＊

年賀が落ちつくと、日常があっけなく戻ってくる。年末から続いたあわただしさはいつの間にか収まり、何ごともなかったかのように、僕らは日々の配達に出る。二週間もすれば、みつばの町からもお正月の色はなくなる。新年が軌道に乗ったのだと感じる。

今日の配達はみつば一区。戸建て区のほうだ。

陽射しはありつつもいよいよ寒い真冬の住宅地をまわる。つい最近まで、暑、暑、暑、暑、と言っていたような気がするが、今は、寒、寒、寒、寒。例によって、洟もツーッとたれてくる。鼻そのものが常に濡れている。犬以上。

黒木さん宅に書留が出ているので、僕は門扉のわきにバイクを駐める。こちらは年賀ハガキを毎年百枚買ってくれるお宅。お礼を言っておこうと、ヘルメットをとる。そして門に埋めこまれたインタホンのボタンを押す。

ウィンウォーン。

「はい」と女声。

「こんにちは。郵便局です。黒木真知子様に書留をお持ちしました。ご印鑑をお願いします」

「今出ます。ちょっと待ってね」

プツッ。

門扉を開けて、玄関の前に行く。バタバタと廊下を走るような音がして、ドアが開く。

子どもだ。しかも二人。男女。

「何?」と女の子が言い、

「何?」と男の子も言う。

「郵便局です。書留です」

「郵便だって」と女の子。

「うん。郵便」と男の子。

奥から黒木真知子さんが出てくる。歳は六十前後。印鑑を手にしている。

「あけましておめでとうございます」と声をかける。

「おめでとうございます」次いで真知子さんは子どもたちに言う。「ほら、郵便屋さんにあけましておめでとうは?」

「おめでとう」と男の子。

「あけましてがないよ」と女の子。

「あけまして」男の子。

「おめでとう」女の子。

「あけましておめでとう」と真知子さん。と二人に返す。

「今日は寒いねぇ」と真知子さん。「今年一番じゃない？　いや、この冬一番、か」

「そうですね。今日はかなり寒いです。凍えます」

「なかに入って、ドアは閉めちゃって」

「あ、はい」

三和土に入り、ドアを閉める。子どもたちが廊下に上がる。

「雪、降るんじゃないかしら」

「天気予報でも言ってましたね。もしかしたらと」

「積もったら、配達はどうするの？」

「しますよ」

「バイクで？」

「はい。タイヤにチェーンをつけて」

「大変」

真知子さんが印鑑を差しだす。

受けとって配達証に捺し、端末への入力をすませる。

子どもたちは、僕を見ても、あ、春行！ にはならない。今はまだ、春行よりもアニメのキャラクターに惹かれるのだ。春行、もうひとがんばり。

「年賀ハガキ、持ってきてくれてありがとうね」と先に言われる。

「こちらこそ、ありがとうございます。いつもすいません」

「夏にはかもめ〜る、また買うから」

「うれしいです。よろしくお願いします」

「去年、くじが当たったのよ。切手シートをもらった。年賀ハガキで当たったことはあるけど、あれでは初めて。余ってたのが、当たってた」

「よかったです」

「あのハガキって、夏じゃなくてもつかえるのよね？」

「つかえます」

実際、つかってる人もいます、と言いそうになる。加瀬風太さんだ。

「かもめ〜る」と女の子が言い、

「って、何？」と男の子が言う。

「おハガキ」と真知子さん。

「お孫さんですか?」と尋ねる。

「そう。今ちょっと預かり中。お姉ちゃんと弟。双子」

「あ、そうなんですか」

「二卵性だから顔は似てないけどね」

確かに、あまり似てはいない。春行と僕のほうがずっと似てるだろう。二卵性どころか、双子でもないのに。

「アユちゃん、アヤくん。郵便屋さんに名前を教えてあげて」

「わたしアユちゃん」と女の子。

「ぼくアヤくん」と男の子。

「亜細亜(アジア)の亜に結ぶで、亜結(あゆ)。綾(あや)とりの綾に馬(うま)で、綾馬(あやま)」そして真知子さんは亜結ちゃんと綾馬くんに言う。「何歳?」

「五歳」と二人の声がそろう。

「幼稚園の年中さん。今は休ませてるけど。といっても、一週間ぐらいの予定。娘がね、ダンナと何だかゴチャゴチャしちゃって」

「あぁ」としか言えない。

「簡単に言えば、関係修復中ってとこかな。だから預かってるわけ。そうしなさいってわたしが言ったの。ズルズル引きずってちゃダメって」

それには、あぁ、も言えない。

竹を割ったよう。真知子さんはいつもこんな感じだ。郵便屋の僕にでさえ、あっさりそんなことを明かす。こちらはたじろぐが、真知子さん自身は気にしない。

今もさらにこんなことを言う。

「別れるとまではいかないと思うけど、いったらいったでしかたないとも思ってるわよ」

「あぁ」と無理やり言う。

亜結ちゃんと綾馬くんも話を聞いてはいるが、もちろん理解はせず、ただ笑っている。亜結ちゃんが綾馬くんの頭をクシャクシャッとやっている。

真知子さんに娘さんがいることは知っている。同居はしていないから、名前までは知らない。今ここに住むのは真知子さんとご主人の永介(えいすけ)さんだけだ。永介さんは定年後の今も、フルタイムでではないが働いているという。

「娘がいいようにするのが一番。でも別れたら子どもたちが大変。そのぐらいは、あの子も考えるでしょ」

亜結ちゃんと綾馬くんが、真知子さんの太腿(ふともも)にしがみつく。亜結ちゃんが左。綾馬くんが右。

　お孫さんとおばあちゃん。篠原ふささんと山村海斗くんのことを、何となく思いだす。四葉に住むふささんと南千住に住む海斗くんだ。

「お孫さんは、かわいいですよね」と言う。

「かわいい」と真知子さんも同意する。が、そのあとはこう続く。「こうやってただかわいがってればいいから楽だしね。でもやっぱり娘のほうがかわいいわよ」

　予想していなかったその言葉にドキッとする。

「孫は孫。すごくかわいい。おもちゃだって何だって買ってやるし、車で送り迎えもする。でもわたしが産んだのは娘。それは超えられない」

　竹が、割られる。さすが真知子さん。スパッとくる。

　いかにもなことを言ってしまったと、ちょっと反省する。おじいちゃんやおばあちゃんはお孫さんにべったり。何なら自分の息子や娘よりも孫のほうが好き。ランドセルは絶対に自分たちが買う。高いものを買って、入学祝に贈る。そんなイメージにとらわれ過ぎていた。

　孫だけではない。息子や娘だってかわいい。が、普通、そんなことは言わない。孫を優先させた感じになる。孫を娘とくらべたりもしない。順位をつけたりもしない。それはそう。でも、ただの郵便屋にまで自分の気持ちを素直に言えるこの真知子さんを、僕は尊敬する。

　書留と印鑑を真知子さんに渡す。

「寒いから、体に気をつけてね」

「ありがとうございます。では失礼します」

　ドアを開けて、外に出る。

　亜結ちゃんと綾馬くんも出てきてくれる。ヘルメットをかぶった僕に、バイバイと手を振ってくれる。

　手を振り返してからエンジンをかけ、バイクをスタートさせる。平日だってこんなふうに子どもたちはいるんだから運転には気をつけなきゃな、とあらためて思う。

　その後、慎重かつ快調に配達を続け、僕はみつば歯科医院に差しかかる。遠山那奈さんが勤め、川田局長と僕が通っているところだ。

　ここはいつも郵便物を郵便受けに入れる。スタンドタイプというのか、それだけで独立している鉄製の郵便受け。玄関のわき、目立つところにある。柱はコンクリートの地面に埋めこまれている。医院をつくるときに初めからそうしたのだと思う。そして取出口にはダイヤルロック。こちらはもちろんあとづけだ。

バイクで近づき、シートに座ったまま封書二通を郵便受けに入れようとしたまさにそのとき。玄関のガラスドアが開き、なかから人が出てきた。芦田静彦先生だ。いつもの白衣ではなく、カーディガンを着ている。

「よかった。待ってたんだよ」と言われる。「確かこのぐらいの時間だなと思って。ずっと耳を澄ませてた」

「そうですか」

バイクを駐め、降りる。

「ちょっとお願いがあってさ」

「何でしょう」

「まずはそれ、もらっちゃおうか」

「はい」

二通の封書を渡す。

それらの差出人名をチラッと見て、芦田先生は言う。

「昼のこの時間は、僕しかいないんだよね。みんな、外に食べに行ったり、コンビニに弁当を買いに行ったりで」

あとは遠山さんのように、みつば第二公園で手づくりのお弁当を食べたり、だ。芦田先生がこう言ったということは、今もあそこで食べているのかもしれない。いや、それはないか。いくら何でも寒すぎる。

「本当は昼の休憩のあいだもいてもらえるとたすかるんだけど。実際、外出は許可してない医院さんもあるし。でも、ほら、一日じゅう職場にいるのは精神衛生上よくないからさ、そのあたりは自由にしてもらってるんだよね。恥ずかしながら、雇用主としての歯科医は、衛生士さんとか歯科助手さんからの評判が悪かったりすることもあるんで、自分もそうならないよう、少しは気をつけてるわけ」そして芦田先生は言う。「で、お願いなんだけど」

「はい」

「今は郵便物をこうやってここに入れてもらってるけど、それをやめてなかの受付に持ってきてもらうことは、できるのかな」

「できますよ」

「あ、いいの?」

「いいですよ。もしあれなら、まとめてご自宅に配達することもできますけど」

芦田先生は近くのマンションに住んでいるのだ。三十階建てのムーンタワーみつば。その二十八階。

「うーん。医院宛の分は、こっちにしてもらったほうがいいな。そこは宛名どおりで」

「わかりました」

「何なら僕が局長さんに言う？　ほら、治療に来てくれて、知り合いになったから」

「いえ。僕でだいじょうぶです」

「じゃあ、頼めるかな」

「はい。ただ、木曜はどうしましょう。休診ですよね？」

「その日は止めてもらっていいよ。それも、だいじょうぶ？」

「はい。届が必要かは、一応、確認します」

「お願いします」

「では受付でお手渡しということで。ちなみに、この郵便受けはどうするんですか？」

「工事の人に頼んで、とっちゃうよ。防犯の意味で、もういいかと思ってね。自宅なら誰かいるからいいけど、ここは夜は誰もいないし」

「休診日に僕らがお入れした分がとられてしまったとか、そういうことですか？」

「ちがうちがう。そうじゃないよ。あくまでも予防。実を言うと、知り合いの歯科医が、イタズラの文書を郵便受けに入れられるようになってさ。いわゆる怪文書だね。中傷のビラ」

「あぁ」

「そういうのって、普通、周辺の家にまかれるものだと思うけど、そこは医院そのものにも入れられたらしくて。よっぽど腹に据えかねてたんだろうね、相手は。というか、犯人は」

「誰だかわかったんですか？」

「患者さん。そう頻繁に来る人ではなかったけど、何度か診たことはあるらしい」

「そんな人が、ですか」

「うん。虫歯ではない歯を治そうとしたと思われたみたい。結構さ、思われちゃうんだよね、そんなふうに。僕らはちゃんと説明してるつもりなんだけど、聞いてない、になっちゃって。まあ、もしかしたら、そのあたりをわざと省く歯科医もいるのかもしれないけど」

歯医者さんも大変だ。医療機関とはいえ結局は客商売、ということだろう。

「僕らにしてみればさ、悪くなりかけてたら、もっと悪くなる前に手を打っておきたいんだよね。完全に悪くなってからでは遅いから。でもそこを、誤解されちゃうのかな。痛くもない歯を治そうとしたって。痛くなったときは、もう完全に悪くなってるんだけどね」

僕もここで虫歯を治してもらったとき、エックス線写真をもとに細かな説明を受けた。ずいぶん丁寧だな、と思った。そうせざるを得なかったわけだ。

「今言うことじゃないけど。だから郵便屋さんも、治療を受けてて、あれっと思うことがあったら、何でも言ってね。患者さんでも、疑うことは大事だから」

「わかりました。適度に疑います」

「うん。適度に疑ってほしい」と芦田先生は笑う。「と、まあ、そういうわけで、ウチも、郵便受けはなくすことにしたんだよ。受付に持ってきてもらえば、とられる心配もなくなるし」

ついでに、ふと思ったことを訊いてみる。

「先生は、川田がウチの局長だとご存知なんですね」

「うん。初めて来てもらったときに聞いたよ。治療は一度じゃ終わらないから、次もまたこの時間に来られますか？　って訊いたら、だいじょうぶだって。その流れで教えてくれた。局員さんに紹介されたとも言ってたよ。その局員さんて、郵便屋さんだよね？」

「だと思います」

「ありがとうね」

「いえ。困ったその日に診ていただけてすごくたすかったので、それを言っただけです」

「局長さん、言ってたよ。痛いのが苦手だって」

「先生にも言ったんですか？」

「うん。だから、なるべく痛くないよう努力します、と僕は言った。痛かったら手を挙げてください、と」

「手、挙げなかったと言ってました」

「そう。挙げなかった。僕もほっとしたよ。正直なところ、運がほとんどなんだけどね。痛みの出方にも感じ方にも個人差があるし、痛みが出ようが出まいがここは削らなきゃしかたないっていう箇所も、やっぱりあるから」

「そう、ですよね」

「だから、痛い思いをしたくないなら、悪くならないうちに診せに来てほしいんだよね。痛くなったから来た、ではなくて。局長さんにもそう言ったよ。治療はこれでおしまいっていう日に」

「局長、何て言ってました？」

「じゃあ、来月来ます、と。いえ、治したばかりだから半年後でいいですよ、と僕は言った。おもしろい人だね」

「そう思います」

「来てくれてうれしかったよ。これは郵便屋さんもそうだけど、ここに住んでない人が来てくれるのは、すごくうれしいんだよね。みつばで働いて、みつばで歯を治して、よそへ帰っていく。ありがたいよ」

「僕もですよ。仕事のあとに診てもらえるのは、ほんと、ありがたいです。いつ歯のつめものがとれてもだいじょうぶ。そう思ってられるのは大きいので」

「木曜はダメだけどね」

「そうでした。その日だけは気をつけます。お昼にお餅を食べたりしないように」

「郵便屋さんが昼に餅を食べるの？」と芦田先生が笑う。

「食べない、ですね」と僕も笑う。

「ごめん。時間をとらせたね」

「いえ。では明日から受付に配達ということで」

「お願いします」

「失礼します」

バイクに乗る。みつば歯科医院をあとにし、配達を再開する。

怪文書か、と思い、ちょっと重い気持ちになる。でも川田局長の、じゃあ、来月来ます、を思いだし、重さは軽減する。笑いがこみ上げ、その拍子に洟がたれる。

おもしろい。そして、寒い。

＊　＊

その日は郵便物の量が多かったので、午後の休憩はなしにした。帰局し、転送還付の処理をすませてどうにか定時。そんな具合だった。

だから、ロッカールームで着替えをしているときに谷さんを誘った。

「コーヒー、どうですか？」

「今日はいい」と言われた。

谷さんが明日休みであることを思いだした。と同時に、美郷さんが明日休みであることも思いだした。

僕らの班は、人数からして、毎日二人が休みをとる感じになる。明日はそれが谷さんと美郷さんなのだ。もちろん、二人が毎回そうなるよう調整しているわけではない。でもたまには巡り合わせでそうなることもある。

で、そこは付き合っている二人。たまにそうなったのなら、何かしらイベントを入れるだろう。

「あぁ。なるほど」とつい言ってしまった。

「何だよ」と谷さん。

「いえ、別に」

なら僕も帰ろうかと思ったが、やはりコーヒーは飲みたかったので、一人で休憩所に行った。

自販機で微糖の缶コーヒーを買い、テーブル席に座る。こんなに空いてるのに座る席はどうしていつも同じになるんだろうなぁ、と思いつつ、コキッと缶を開け、コーヒーを飲む。ホット。うまい。

休憩所に川田局長が入ってきた。

「おっ！」と僕にまで聞こえる大きさの声で言い、自販機でホットの緑茶を買って、こちらへやってくる。

「おつかれさまです」

「おつかれさま。いいかな？」

「どうぞ」

局長が向かいに座る。やはりコキッと缶を開け、緑茶を飲む。ここで一緒になるのは、たぶん、今年初めてだ。

「よかったよ、平本くんがいてくれて」

「何かご用ですか？」

「うん。ちょっと話が」

局長が局員に話。もしかして、異動？

僕はみつば局に来て五年め。その五年めも、じき終わろうとしている。一般的に、異動の目安は五年。

だとしても、まだ二月。早すぎる。四月の異動なら、一ヵ月半以上ある。組織改編の流れで、三月の異動とか？

ちがった。

「サインを、もらえないかな」

「サイン」とその言葉をくり返す。「あぁ。いいですよ。春行に言っておきます」

「いや。春行さんのじゃなくて、君のがほしいんだ」

「はい？」

「平本秋宏くんのが」

「何ですか、それ」と、驚きのあまり、いくらか雑な口をきいてしまう。

「いや、娘が、希穂がね、君のサインをもらえないかって言うんだよ。春行さんのじゃなくて、君のサインを」

「意味がないですよね？　僕のじゃ」

「いやいや。あるって言うんだね、娘は。新しい局に春行さんの弟さんがいると僕が話しちゃったことは、前に話したよね？」

「聞きました」

「それならサインがほしいと言われたことも。それはできないと僕が言ったことも」

「はい」

「まあね、娘は一応、納得してくれたんだ。大学生にもなれば、わかるよね。公私混同しちゃいけないというくらいのことは」

「はぁ」

「でも春行さんのことは好き。そこで娘なりに考えたんだろうね。今度は僕にそう言ってきたんだよ。弟さんのサインをもらえないかって」

「すごい発想ですね」

「ファン心理って、そういうものなんじゃないかな」

「意味が、ありますか？」とまたしても同じことを言ってしまう。

「あるって言うんだよ、娘は。春行さんの弟さんのサインなんて、たぶん、誰も持ってないって」

「確かに誰も持ってないとは思いますけど」

確実に誰も持ってない。サインなんて、僕は一度もしたことがないから。試しに春行のサインの練習をしたことがあるだけだ。僕が書ければいろいろな手間が省けるだろうと思って。

誓って言うが、実践まではしていない。秋宏の筆による春行のサインは、一枚も世に出まわっていない。

「初めはね、僕も思ったんだ。何だそれって。でも娘の話を聞いてるうちに、平本くんのサインならいいかもと思うようになった。認めるしかないよ。親バカなんだね、僕も。この歳になってもさ、やっぱり娘を喜ばせたいと思っちゃうんだよ。逆に言うとね、この歳になると、もうそんなに娘を喜ばせられないんだ。まだ小さかったころは、娘も、二人で散歩に行くだけで喜んでくれたのに。今は、散歩に行こうなんて言えないし」

「言えない、んですか？」

「言えないね。何のために？　なんて言われちゃうよ。家で一緒にいるんだからいいじゃないって」

大学生の娘さんとお父さん。そんなものかもしれない。僕だって、その歳のころに、アキ、散歩行こうよ、と母に言われていたら、ギョッとしただろう。母が父と離婚してしまった二十八歳の今なら、あっさり応じるかもしれないが。

「春行さんのサインはもらわないなんて偉そうなことを言っておきながらこう言うのも何だけど。お願いできないかな。僕も、それならいいと思うんだ。平本くんに春行さんのサインを頼むのじゃなく、職場の同僚として平本くん自身のサインを頼むのなら」

「局長は、同僚、ですか?」

「同僚でしょ。同じ職場にいる人は、みんな同僚だよ。役は関係ない。と、そう言っちゃうのもズルいけど」

「春行のサインをお渡ししてもいいですよ、ほんとに」

「いや、それは。娘に顔が立たないよ」

「立つ、んじゃないですか?」

「いや。あんなに断っておいて結局は折れるのかと思われる。それは、社会人としてちょっとよくないよね」

「うーん」

「ダメかな？　サイン」

「ダメではないですけど」

「頼むよ」

「じゃあ、まあ、はい」

「よかった」

「何にどう書けばいいですか？」

「色紙か何か用意するよ」

「さすがに色紙はやめませんか？　僕は素人も素人なので、それはちょっと」

「そうか。そうだね。むしろ普通の紙なんかのほうがいいかもしれない。日常感が出るし」

「コピー用紙でいいんじゃないですかね」

「うん。いや、ダメだ。局の備品はマズい。たとえコピー用紙一枚でも」

「僕、メモ帳なら持ってますよ。普通のノートよりはちょっと小さいですけど」

　そう言って、バッグからそれを取りだす。

「お、いいね」と局長が言う。「それなら充分だ。しかも平本くん自身の持ちもの。充分どころじゃない。最高だよ」

最高は、やはり春行のサインだと思う。

「ただ、平本くんは、いい？　一枚破ってもらうことになるけど」

「いいですよ、ただのメモ帳なので。筆記具は、ボールペンしかないですけど。何か持ってきましょうか？」

「平本ボールペンで充分。いや、最高。それでお願いします」

「はい。じゃあ、えーと」

まずは紙を一枚破りとる。ミシン目が入っているからやりやすい。だからそれを選んだのだ。まさかこんなことにつかうとは。

その紙をテーブルに置き、バッグからボールペンを出す。

「書いたことがないので、カッコよく崩すのは無理ですけど」

「いいよいいよ。普通でいい。名前がはっきりわかるほうがありがたい」

微糖の缶コーヒーを一口飲んで、書く。大きめの文字で。縦に。

平本秋宏

何これ、と思う。そして、おそれていたことを言われる。

「右上に、川田希穂さんへって書いてもらえる?」

「それ、やっちゃいます?」

「うん。だってサインは、そのほうが価値があるんでしょ?」

「わからないですけど」

「書いちゃって」

「えーと、希望の希に稲穂の穂、ですよね?」

「そう」

再び書く。完成。

川田希穂さんへ
平本秋宏

あらためて思う。何これ。見れば見るほど貧弱。ちょっと悲しい。でもちょっと笑える。

長く見ていたくないので、局長に素早く渡す。

「ではこれを」

「ありがとう。いいよ。すごくいい。折らないように持って帰るよ。で、娘を驚かせる」

「別の種類の驚きになってしまうような気が」

「いやいや。大事にするはずだよ。平本くんは、娘がどれだけ春行さんを好いてるかを知らない」

局長は缶の緑茶を飲み干す。そして空き缶とサインを手に席を立つ。

「わがままを聞いてくれて、本当にありがとう。娘の反応は、あとで報告します」

そんなことを言い、去っていく。空き缶をごみ箱に捨てるカンという音を残して。

あとに来て、先に立つ。局員を守り、娘には弱い。川田君雄局長。至明館道場の前崎心堅師範代とはまたちがう意味で、人の上に立てる人だ。

みつば局、まだ出たくないな、と思う。送別会のときの早坂くんの気持ちが、今はっきりとわかる。

＊

＊

四葉は高台にある。高台にあるからには見晴らしがいい。端も端にある今井博利さん宅は特にいい。美郷さんと僕はそこを四葉の絶景スポットと呼んでいる。

広い庭からは、国道を挟んで、埋立地のみつばが見える。ＪＲみつば駅に大型スーパーにみつば高校に蜜葉市役所。戸建て住宅群に各マンション。なかでもひときわ目立つのがムーンタワーみつばだ。

今日は土曜。バイクで庭に入っていくと、貴哉くんがいた。今井さんのお孫さん。九歳、小学三年生。担任は鳥越幸子先生。

貴哉くんがそこにいるのは、いつもどおりといえばいつもどおり。今日はほかにもう一人いた。三十代後半ぐらいの女性。たぶん、貴哉くんの母親、容子さん。

こんにちは、と言う前に、言われる。

「やっと会えた。わぁ、春行。ヘルメット、とってもらってもいいですか？」

「はい」

バイクから降り、ヘルメットをとる。

「ね？」と貴哉くんが言う。「ぼく、うそついてないでしょ？」

「ついてない。ほんと、そっくり」と容子さん。そして僕に。「いつもはね、わたし、土曜も仕事なんですよ。だから、ごあいさつしなきゃと思いつつ、なかなかお会いできなくて。お父さんと貴哉から話は聞いてたんですけど」

「僕のほうこそ、ごあいさつが遅れました。いつも飲みものを頂いてるのに」

家から今井さんが出てくる。まさに飲みものを手にして。

「こんにちは」と今度は先に声をかける。

「ごくろうさま。はい、飲んで」

「すいません。ありがとうございます。いただきます」

微糖の缶コーヒー。熱すぎない程度に温かい。専用の保温庫でわざわざ温めてくれているのだ。

今井さんは、顔を合わせるたびにこうして缶コーヒーをくれる。夏はアイス、春秋冬はホット。切り替えも絶妙。僕は、もらうたびにお礼を言う。言い足りない感じが、毎回残る。

「ではこちらを」と郵便物を手渡しする。封書が二通。

「郵便屋さんはあれですよね?」と容子さんが言う。「カーサの三好さんの、カレシさん」

「はい」

カーサ。カーサみつば。容子さんは大家さんだからそんな言い方をする。大家さんというか、管理人さんだ。今井さんから引き継いだ。とはいえ、今井さんも引退したわけではなく、今もあちこちの修繕などに動く。

「うらやましいなぁ。春行似のカレシさん。こないだ、用があってカーサに行ったとき、三好さんにも言っちゃった。似てますよねって、三好さん自身も言ってた」

「たまきがいつもお世話になってます」

「いえいえ。こちらこそですよ。三好さんには長くお住みいただいて。カレシさんには配達までしていただいて」

「郵便屋さん、あのお姉ちゃんのカレシじゃないんだ?」と貴哉くんが言う。

あのお姉ちゃん。美郷さんのことだ。僕同様、ここ今井さん宅で休ませてもらうことがある。貴哉くんとも仲がいい。

「こら」と容子さん。「小三でカレシとか言っちゃダメ」

その怒り方につい笑う。小三はダメ。何歳からいいのか。

「郵便屋さん、わたしのお母さんにお線香も上げてくれたんですよね?」

「はい。今井さんがそうさせてくれたので」

お母さん。今井さんの奥さん、藤子(ふじこ)さんだ。八年ほど前に亡くなった。高校生の自転車にぶつかるという、痛ましい事故で。その話も、この庭で今井さんから聞いた。

貴哉くんが紙パックのパイナップルジュースを持ってきて、僕に言う。

「ねぇ、休も」

貴哉くんはパイナップルやマンゴーといった南国系の果物が好きだ。果物そのものとして食べるよりジュースとして飲むほうが好き。僕はそんなことまで知っている。

ということで、貴哉くんと二人、青い横長のベンチに座って休む。

二月半ば。ピークは過ぎたが、まだまだ寒い。でも貴哉くんも僕並みの防寒仕様だからだいじょうぶ。

貴哉くんは小三。容子さん手編みの一品、白いニット帽をかぶってもいる。

「ぼくね、今年は二個チョコもらった。バレンタイン」

そこでムダに天気の話をしたりしない。いきなり本題に入る。

「お、すごい」

二個。いい。何がいいって、ニコチョコ、という言葉の響きがいい。

「でもほんとは一個」

「え?」

「マトバケイカちゃんは、転校しちゃうから、みんなにくれた。女子にも」

「あぁ。なるほど」

お別れに、ということだろう。だとしても、みんなに、はすごい。お母さんがすすめたのだろうか。それとも、本人の意思だろうか。マトバケイカちゃん。的場圭香ちゃん、だ。配達してるから知っている。

「もう一個はね、イデマヒルちゃんから」

　井手真昼ちゃん。こちらも知っている。井手家は、二世帯で住む大きなお宅だ。この今井さん宅ほどではないが。

　去年、貴哉くんは磯貝凜(いそがいりん)ちゃんからチョコをもらった。そして、思いを寄せる曽根(そね)弥生(やよい)ちゃんからはもらえなかった。弥生ちゃんは誰にもチョコをあげなかったのだ。だから、誰が好きかはわからない。

と、僕はそんなことまで覚えている。四葉小児童の恋愛事情。聞いてしまうと、やはり覚えてしまうのだ。住所の番地や名前の漢字などの配達に必要な情報は覚え、恋愛事情は忘れる。そんな器用なことはできない。

　磯貝凜ちゃんは、今も四葉に住んでいる。転校してはいない。要するに、貴哉くん、今年はもらえなかったということだ。

　二年連続はなしかぁ、と残念に思っていたら、貴哉くんが言う。

「去年くれた磯貝凜ちゃんは、クラスがちがくなっちゃった」

「あぁ。クラス替えを、したんだもんね」

「うん。三年になるときに、した」

鳥越幸子先生も言っていた。四葉小は二年ごとにするのだと。

小学生にしてみれば、クラスが替わるのは大きい。ちがうクラスの男子にチョコを渡すのは、女子にとって勇気が要ることだろう。

「鶴田くんは今も同じクラス?」と貴哉くんに訊いてみる。

鶴田優登くん。貴哉くんと仲がいい子だ。一度ケンカをしたあとに仲よくなった。

「ちがう。分かれた」

「そっか。残念だね」

「でも今も遊ぶよ。たまにウチに来るし、僕も鶴田くんちに行く。鶴田くんはね、今年も二個もらった。チョコ」

「へぇ。すごいな」

「顔がよくて足が速いから、女子はくれちゃうよ」

わかる。顔がよくて足が速ければ、女子はくれちゃう。

今でこそ春行似を指摘され、その流れで時にはカッコいいと言ってもらえることもある僕だが、子どものころはそんなことはなかった。まるでなかった。春行はまだ一般人で、その威光もなし。セトッチに言わせれば、僕は、ごく普通に地味な小三、だった。チョコをもらったこともない。一度もないとは言わないが、どれも的場圭香ちゃんパターン。義理も義理、だ。

「鶴田くんはもうちがうけど、曽根弥生ちゃんは同じクラス」と貴哉くんが言う。

自分から言ってくれるならいいかと思い、訊いてしまう。

「チョコは？」

「くれない。曽根弥生ちゃんは今年も誰にもあげない。だから誰が好きか知らない」

なかなか興味深い。小学三年生にもいろいろあるのだ。

僕も三年生のときに初恋相手の出口愛加ちゃんと公園で一緒にアイスを食べた。デートでも何でもない。たまたまコンビニで会ってそうなっただけ。なのに今でも覚えている。そういうものだ。

その歳のころに、人は人を好きになることを知る。それから時間をかけて少しずつ、そのことの楽しさや苦しさを知る。楽しさはともかく、苦しさだって、知らないよりは知っていたほうがいい。これは春行も言っていた。苦しさがあるから楽しさも増えるんすよね、と。テレビのバラエティ番組で。

「郵便屋さんは、チョコもらった？」と訊かれる。

「もらった」と正直に答える。

「好きな人から？」

「うん。カノジョだから、好きな人だね」

「うれしかった?」

「うれしかったよ。二百円ぐらいの安いチョコだけど」とそこも正直に言う。

バレンタインデーには会えないからということで、前倒しでもらった。バー『ソーアン』で飲んだ帰り、あ、そうだ、とたまきがコンビニに入り、僕が好きなクランチタイプのチョコを買って、くれたのだ。はい、バレンタイン、と。あとで一気に食べてしまった。愛があれば安いチョコでもおいしいのよ、とたまきはふざけて言っていた。おいしかった。と思う。

休憩開始から十五分。缶コーヒーを飲み終え、立ち上がる。

「ごちそうさま」とまずは貴哉くんに言う。

「また来なよ」と貴哉くんも立ち上がる。

「うん。四葉の配達になったらね」

「いつ来る?」

「まだちょっとわからないな。土曜日に来られたら、来るよ」

「あのお姉ちゃんと一緒に来れば?」

「一緒には来られないなぁ。ほら、二人で一緒に配達はしないから。じゃあ、どうもありがとう」

貴哉くんが片手を挙げる。その仕種が、何というか、大人っぽい。貴哉くん、育ってる。ごくろうさん、と僕が言われる日も近いかもしれない。

見計らったかのように今井さんが庭に出てきてくれるので、言う。

「ごちそうさまでした。いつもありがとうございます」

「はい」と片手を差しだすので、

「すいません」と空き缶を渡す。

この瞬間に、いつも思う。今井さん。やはりかなわない。貴哉くんはすぐに僕に追いついてしまうだろうが、僕は今井さんには追いつけない。

家のなかにいる容子さんに、外から声をかける。

「ごちそうさまでした。失礼します」

バイクのところへ行き、ヘルメットをかぶる。

そのあいだに、容子さんまでもがサンダルをつっかけて出てきてくれる。

「ごめんなさいね。何のおかまいもできなくて」

「いえいえ。コーヒー、頂きましたし」

「今度わたしが土曜日に休めたら、そのときはウチでお昼でも」

「いえ、そこまでは」

これは大げさでも何でもない。そういうことを実現させてしまうのが今井家だ。前に一度、僕はこの庭で焼きそばを頂いたことがある。今井さんが鉄板で焼いた熱々のそれを。

三世代の三人に頭を下げて今井さん宅をあとにし、残りの配達にかかる。

もう休まない。一人、黙々と配達するのみ。

でも黙々はそう長く続かなかった。それはそれでいい。一人で五時間も配達。そこに会話が交ざってくれると、気が休まるのだ。

今度は、去年ペロを失った氏家さん宅。息子さんの清さんから毎月現金書留が届く、氏家民子さんのお宅だ。

バイクで入っていくと、すぐに民子さんが出てきた。たまたまではない。待っていた感じ。

「あ、郵便屋さん、よかった。何もなくて通過されちゃうかと思った」

「だいじょうぶです。一通あります」

その一通を渡す。DMハガキだ。健康食品の。

「何かご用でした?」

「うん。ちょっと訊きたいことがあって」

「何でしょう」

　そういうことならと、バイクのエンジンを止める。途端に静かになる。それがこの四葉の、みつばとはちがうところだ。みつばがうるさいわけではない。でも家々が密集した住宅地には、やはり漠然としたざわめきみたいなものがある。

「ここからよそに引っ越すとするでしょ？　そのときは、どうするの？　局さんにも、何か出すんだよね？　届みたいなものを」

「そうですね。転居届というものを出していただきます。えーと、氏家さんはインターネットをやって、らっしゃらないですよね？」

「やってない。そういうのは全然わかんないよ」

「でしたら、ご自身で窓口にお越しいただくのが一番簡単かと。その際、旧住所が確認できる書類が必要ですので、運転免許証や健康保険証をお持ちください」

「旧住所っていうのは、ここだよね？」

「はい。引っ越しが確実に決まった時点で手続きをしていただく、という形でいいかと思います」

「窓口で、転居届って言えばいいのね？」

「お願いします」

「わかった。局さんに行けばいいんだろうとは思ったんだけど、行く前に訊いておこうとも思ったの」

「じゃあ、お会いできてよかったです」そしてこちらからも尋ねる。「あの、お引っ越しを、なさるんですか？」

「うん。清のとこへね。やっぱり世話になろうと思って」

「あぁ。そうですか」

「横浜って、東京みたいなもんでしょ？　ちょっと不安なのよ。わたしはもう五十年以上ここだから。マンションなんて、住んだことないしね。アパートなら、結婚する前にちょっと住んでたけど」主なき犬小屋のほうを見て、民子さんは言う。「ペロがね、きっかけになったんだよ。何ていうか、ふんぎりがついた」

「こちらのお宅はどうなさるんですか？」

「しばらくはそのままにしておくよ。いずれまた住むことがあるかもしれないし。わたしではなくても、清がね。清も、生まれ育ったのはここだからさ。あの小屋も残しておくよ。何か、ペロを置いてっちゃうみたいでさびしいけどね。でも月に一度は戻ってくる。ほら、家は住まないとすぐに傷むって言うから」

実際、そうだ。四葉にはいくつか空き家がある。そういうところは、本当にすぐ傷んでしまう。二年もあれば、別人、というか別宅になってしまう。

「あ、そうそう。マンションでね、犬を飼ってくれるっていうんだよ」

「それはいいですね」

「清んとこね、子どもはいないの。嫁だけ。ヒサヨさんていうんだけど。そのヒサヨさんも前々から飼いたかったんだって。でも清が渋ってたの。だからヒサヨさんに言われたよ。お義母(かあ)さんのおかげで犬を飼えます、ぜひ来てくださいって。何だかねぇ」

と言いつつも、民子さんは笑顔だ。ヒサヨさんが冗談でそんなことを言えるところに関係のよさを感じる。

「考えたらさ、それ、郵便屋さんが言ったんだよね」

「はい?」

「マンションでは犬を飼えないんですか？　って。だからさ、わたしも、あぁ、そうだな、と思って、清に訊いてみたの。そしたら、小さいのなら飼えるって。わたしとヒサヨさん対清で、二対一。それで清もあきらめた。ここ育ちだから、外で飼える犬しか飼ったことがなかったんだね。だから、マンションで飼うのは乗り気じゃなかったみたい。でも今は、飼うなら何にするかって、ヒサヨさんと二人であれこれやってるよ。そのインターネットで調べたりとか」

「小型犬だけでも、種類はたくさんありますからね」

「ほんと、そうなんだね。二人がいくつか選んだなかから、わたしが決めさせてもらうことになってるよ。その犬と一緒にいる時間はわたしが一番長いからって」

ここが空き家になってしまうのはさびしいが、そういうことならしかたない。事情を知れただけでありがたい。僕も民子さんとペロについてのいい記憶を残せる。楽しめる。

「引っ越しは来月の終わりぐらいになると思うけど、それまではよろしくね。郵便屋さん」

「こちらこそ、よろしくお願いします」

「みつば海浜病院に代わる病院を、清に横浜で探してもらわなきゃいけないよ」

「横浜なら、病院もたくさんあるんじゃないですかね」

「それはそうだね。今より近くなるかも。バスに乗らなくていいならたすかるよ。あ、引き止めちゃってごめんね」

「いえ。だいじょうぶです」

「今度来てくれたときはまたお茶でも入れるからさ」

「ありがとうございます。では失礼します」

ヘルメットをかぶり、バイクに乗って、エンジンをかける。最後にもう一度会釈をし、ターン。氏家さん宅をあとにする。

敷地から出るその瞬間、ペロになったつもりで僕は言う。

先の別れを意識して。

「ワフ!」

＊　＊

三月という言葉には快い響きがある。二月とはくらべものにならないくらい、ある。三月ならもう冬じゃない。そう思うことができる。二月二十八日から三月一日になっただけでそう感じる。三月一日のほうが気温が低かったとしても感じる。単純だなぁ、と思う。

僕は今日もみつば一区、戸建て区をまわる。みつば局に来て初めて持った配達区。たまきも住んでいる区。ホームだ。早坂くんと荻野くんがいなくなったこともあり、まわる回数も増えた。

本田さん。斎藤さん。水谷さん。小川さん。千葉さん。佐々木さん。中野さん。東さん。

左に曲がって。

若林さん。多田さん。児玉さん。長谷川さん。武藤さん。島さん。河合さん。大塚さん。

配りつつ、走っている。赤と白、ツートンカラーのバイクで。

ここでの配達は、ブロックごとに行ったり来たりすることが多いから、例えば一つの公園のわきを何度も通ったりする。午後の休憩に利用するみつば第二公園もそうだ。僕は二十分ほどの行ったり来たりのあいだに、そこをいろいろな角度から何度も視界に収める。

今日はそのベンチに遠山那奈さんがいる。みつば歯科医院の衛生士さんだ。三つあるベンチの一つに座り、ランチを食べている。たぶん、手づくりのお弁当。

あぁ、やっぱり春も近いんだなぁ、と思う。遠山さんが出てきたのなら、もう春だ。外でランチを食べられるほど暖かくなってきたということだから。

とはいえ、まだちょっと寒い。遠山さんも、実は単純な人なのかもしれない。僕と同じ、三月というだけで安堵(あんど)派、かもしれない。

そしてもう一つ、言わなければいけない。今年初めて見た遠山さんの横に一人の男性がいる。隣のベンチにではなく、同じベンチに座っている。同じくランチを食べている。

四年ほど前にも見た風景。僕はちょっと混乱する。混乱しつつ、配達を続ける。行ったり来たりをくり返す。

後方から公園のベンチに最接近したとき、遠山さんがくるりと振り向いてこちらを見る。

「郵便屋さん！」

さすがにギョッとする。近づいたり離れたりしながら見ていたことに気づかれたのか。

「ちょっといいですか？」

「はい」

僕は公園の出入口へと向かう。低い石材が二つ置かれたそこで降り、バイクを引いていく。休憩するときのようにゆっくりとではなく、小走りに。そして空いているベンチのわきにバイクを駐め、素早くヘルメットをとる。

「ごめんなさい。来させちゃって」

「いえ。お食事中ですから」

遠山さんの腿の上にはお弁当箱。それでは動けない。

左隣の男性も、座ったまま頭を下げる。僕も下げ返す。

男性の腿の上にも、お弁当箱。遠山さんのそれよりは少し大きい。でも形状はほぼ同じ。お弁当はどちらも遠山さんがつくったものだろう。

「お仕事中なのにすみません」と遠山さん。「あの、出す郵便物を、またお預けしてもいいですか?」

「いいですよ。どうぞ」

遠山さんはわきに置いたトートバッグから、輪ゴムをはめたハガキの束を取りだす。結構厚い。三十枚ぐらいはあるだろうか。

またお預けしても、と遠山さんは言った。前にも預けられたことがあるのだ。

それが遠山さんとの出会いだった。そのとき預けられたのは封書。封筒自体に、みつば歯科医院、と印刷されていた。だから僕は遠山さんがそこに勤めていることを知った。で、奥歯のつめものがとれたときにそのことを思いだし、やはりこのベンチでお弁当を食べていた遠山さんに声をかけた。結果、その日のうちに診てもらうことができた。

「このあともまだ配達があるので、局に戻って差し出すのは夕方になってしまいますけど。それでもだいじょうぶですか?」

「だいじょうぶです。急ぎません」

「ではお預かりします」と言って、ハガキの束を受けとる。

「たすかります。ほんと、ごめんなさい。横着しちゃって」

「いえ」

「と言いつつ、郵便屋さん来てくれないかなぁ、と思ってたんですよ。来たらバイクの音が聞こえるだろうと、密かに耳を澄ませてました」

「澄ませてたの？」と横の男性が笑う。

「そう。実は」と遠山さんも笑う。

「この辺りの配達はこの時間になることが多いんですよ」と僕は内情を明かす。「で、えーと、宛名の書き洩れとかは、ないですよね？」

「たぶん、だいじょうぶだと思います。定期検診のお知らせハガキなんですよ。もしかしたら、郵便屋さん宛のもあるかも」

「そういえば、そろそろかもしれないですね。ハガキを頂いたら、また伺いますよ」

「お待ちしてます。郵便屋さんはきちんと歯をみがいてくれるから、こちらも楽です。こんなことは言っちゃいけないけど、検診なんていらないくらい」

「検診があるからちゃんとみがくんですよ。人にお見せするのにみがけてなかったら恥ずかしいから」

「ありがたいご意見です。川田さんもいらしてくれましたよ。局長さん」

「そうですか」

「おもしろい人ですよね、川田さん。いろいろな意味で、いい患者さんです」

「いろいろな意味で、いい局長でもありますよ」

「それ、今度川田さんがいらしたときにお伝えしておきましょうか？」

「いえ、だいじょうぶです」

「だいじょうぶって何ですか」と遠山さんが笑う。

僕も笑う。話を聞いていた男性も笑う。調子のいい郵便配達員、と思われてなければいい。

「で、郵便屋さん」

「はい」

「何でこんなとこで二人でランチだよって、思ってます？」

「あ、いえ」

「って、何年か前にも、こんな会話、しましたよね？」

「しましたね」

した。まさに、奥歯のつめものがとれて、診察をお願いしたときだ。

そのとき、遠山さんは一人。僕にこう言った。この寒いのに何故外で弁当をって、思ってます？　外でのランチがおいしいことは仕事柄知っているので思ってません、というようなことを僕は言った。でも男と二人でランチはないでしょ、とは思ってます？と遠山さん。いえ、まさか、と僕。

当時も、遠山さんは男性と二人でいることがあったのだ。初めは別々だったが、じき同じベンチに座るようになった。その男性は、頭をいきなり丸刈りにしてきた。遠山さんの説明によれば、四十歳、公務員。異性に対して怠惰であったそれまでの自分を反省して丸刈りにしたという。わたしにも何だかよくわからないのだと、遠山さん自身が言っていた。

でもしばらくしてその男性は見なくなった。去年もおととしもここで遠山さんのことは見かけたが、いつも一人だった。もとの状態に戻ったのだろうと僕は思っていた。つまり、あの人とは別れてしまったのだろうと。

「こちらはクスノキトモカズさんです」と遠山さんが言う。「漢字一文字の楠に、知識の知に平和の和で、楠知和。知と和は字面が似てるから、よく和知とまちがわれるの。ね？」

「うん」とその楠知和さん。

「初めはわたしもまちがえた」

「そうだっけ」

「そう。漢字は頭に浮かぶんだけど、どっちが前だかわからなくなっちゃって」

「呼びまちがえられた記憶はないけどな」

「勝負をかけたのよ。確か知が先だなって。で、正解。それで完全に覚えた」

「そうだったのか」そして楠さんは僕に言う。「どうも。知が先の、楠知和です」

「どうも」と僕も言い、頭を下げる。

「さっきからずっと思ってたけど。ほんと、似てますね。春行に」

「でしょ?」と遠山さん。

「素人を驚かせるドッキリかと思っちゃいますよ。春行が郵便局員のふりをして現れる、みたいな」

「たまに言われます」と僕。

そして遠山さんが思いもよらぬことを言う。

「わたしたち、結婚するんですよ」

「え? あぁ。そうなんですか」

「はい」

「それを、どうして僕に」

「郵便屋さんには前にここで一緒にいたのを見られてるから、言っちゃおうと思って。こうやってまた見られちゃったし」

「ということは。もしかして、楠さんはあのかたですか？　えーと、丸刈りの」

「そうですよ。あの丸刈りさんです」

「丸刈りかぁ」と楠さんが苦笑する。「懐かしいな。そんなときもあったね」

「驚いたわよ。公務員がいきなり丸刈りにしてくるから。何かやらかしたんだって思った。公金横領とか」

「横領してたら丸刈りじゃすまないよ。いくら公務員でも、それ一発でクビになる。懲戒免職だね」

バイクに乗りながら遠目に見ていただけ。そして丸刈りの印象が強かったから、気づかなかった。楠さん。前のあの人だったのか。お二人は、続いていたのだ。

「ここ二年ぐらいは、楠さんをお見かけしなかったような気が」

「だと思います」と遠山さん。

「異動したんですよ」と楠さんが説明する。「といっても、役所のなかで動いただけですけど。市役所のなかで」

「蜜葉市役所にお勤めなんですか？」

「ええ。だからこうやってここでランチもとれます。ただ、異動したそこはかなり忙しくて、昼に出られる感じではなかったんですよね」

「もしかして」とこれは遠山さん。「郵便屋さん、わたしたちが別れたと思ってました?」

「いえ、それは」

「ちゃんと続いてましたよ。この人がランチに出られないあいだも。正直、ちょっとあぶない時期もあったけど」

「あ、それ言っちゃう?」と楠さん。

「今こうやって言えるのはいいことでしょ。昔のことだから、笑って言える」

「まあ、確かに」

「それで」と遠山さんが僕に言う。「また異動になったんですよ」

「まだ内示が出ただけですけどね。正式には四月一日」

「で、今は引き継ぎの段階でちょっとは手も空いたし、暖かくもなってきたから、このランチも復活。そしたらちょうど郵便屋さんが来てくれたから、ハガキを渡して、ついでに言っちゃおうと。ほかのかただったら、声をかけてないです。でもチラッと見たら平本さんだから、つい」

「ずっと様子をうかがってたわけだ?」と楠さん。

「そう」と遠山さん。

みつば第二公園で一人でランチを食べていた遠山那奈さん。同じくここでランチを食べていた楠知和さん。初めは別のベンチ。でもやがて会話をするようになり、同じベンチに座るようになる。遠山さんがお弁当をつくってあげるまでになる。それはもう、奇蹟だろう。

この公園では、実はもう一つ奇蹟が起きている。誰に起きたのか。僕だ。

僕はここで三好たまきに告白した。もちろん、仕事中にではない。休憩中にだ。それも広い意味では仕事中でしょ。そう言われたら否定はしない。

そのとき僕は、遠山さんと楠さんが付き合うようになったその奇蹟をすでに知っていた。また奇蹟起きないかなぁ、と思いつつ、たまたまそこで出くわしたたまきに告白した。受け入れられた。以来、僕はこのみつば第二公園を奇蹟の公園と呼んでいる。

で、初めに起きた奇蹟は、今も続いていたのだ。長い。でも、悪くない。長〜い奇蹟。いい。

「いや、それにしてもさ」と楠さんが言う。「まさかプロポーズの直後にこうなるとは思わなかったよ」

「え？　直後なんですか？」

「直後です。やった！　受け入れられた！　と思ったら、那奈が郵便屋さんに声をかけた」

「来たのが平本さんだったから、ついかけちゃった」と遠山さん。「ハガキをお預けできれば、ポストに行かなくていいから、もうちょっと長くここにいられるなと思って」

「このことは、できれば誰にも言わないでください」と楠さんが僕に言う。「休憩中とはいえ、公務員が勤務時間内にプロポーズしてたことがバレたらマズいので」

「こんな大事なことを年度内に片づけちゃおうとするからこうなるのよ」と遠山さんが笑う。

「いや、ほんとは今日するつもりじゃなかったんだよ」

「え、そうなの？」

「うん。でもやっぱり異動の前にはしたいなと思って。今日はこうやって出られたし。寒いけど天気もいいし」

　確かに、まだ寒いが天気はいい。空は、雲一つない、に近い。ゼロではないが、薄～い綿菓子のようなあれは数に入れなくていいと思う。実質、ゼロ。プロポーズ日和（びより）だろう。

そして僕はあることに思い当たる。言う。

「あの、楠さんは、もしかしてベイサイドコートにお住まいですか？　みつばベイサイドコートのA棟」

「そうですけど。どうしてわかるんですか？」

「そちらへも配達をしてますので」

「それで、覚えてる？」

「はい」

「ほかに何軒も、というか何百軒もありますよね？」

「ありますけど、楠さんというかたは一軒なので」

「部屋番号もわかります？」

「一三〇三号室、ですよね？」

「おぉ。すごい。そこまで覚えるんだ」

「というより、いつの間にか覚えてしまう感じですね。書留なんかの配達で伺ってご不在だと、不在通知にお名前を書いたりもしますので」

「あぁ。書留。いつも不在で申し訳ないです」

「いえ。一人暮らしのかたはそれが普通ですから。楠さん、昼間は蜜葉市役所にいらしたんですね」

「ええ。で、不在の通知が入ってたら、土曜か日曜にみつば局に取りに行くと。そのほうが早いし、再配達させたりするのも何か悪いので」

「ありがとうございます。でもお気になさらず、再配達もご利用ください」

「わかりました。出るのが面倒なときは利用させてもらいます」

「何かすみません」と遠山さんが言う。「この人はそうやって遠慮してるのに、わたしはハガキを出すことまでお願いしちゃって」

「いえいえ」

「それにしても。まさか平本さんと今日こんなお話をするとは思いませんでした」

「僕もです。まさかこんなおめでたい話を聞けるとは思いませんでした」

「呼び止められて、ハガキを渡されて、わたしたち結婚します、ですもんね」

「はい。芦田先生より先に聞いてしまいました」

「先生にだって、今日は言いませんよ。お昼休みから帰ってきて、プロポーズされました、結婚します、なんて言ったらギョッとされちゃう。あとでゆっくり報告します」

みつば歯科医院への配達は、郵便受けにでなく、受付にするようになった。あのあと、スタンドタイプの鉄製郵便受けはすぐに撤去された。次の日曜に工事の業者さんを呼んだのだと思う。

念には念を入れての防犯。撤去された理由は、あまり好ましいものではない。でもその代わり、受付で手渡しすることで、みつば歯科医院をより身近に感じるようになった。配達人であることと患者であることが、きっちり半々になった感じだ。

で、気づく。

遠山さんは、みつば第二公園でお弁当を食べていたから、楠知和さんと知り合った。でもよく考えてみれば、そこには遠山さんの雇用主である芦田先生も絡んでいる。直接的にではないが、間接的に。芦田先生が休憩中の外出を許可していなければ、そうはならなかったのだ。

小さなことのように思えるが、結果を見れば、そうは言えない。結果。結婚。小さいどころの話ではない。人生で、ほぼ最大。

今はまだプロポーズ直後だというのだから、芦田先生はこのことを知らない。まず遠山さんが楠さんと付き合っていたことも知らないかもしれない。すべてを知ったとしても、あぁ、よかったな、と感じるくらいだろう。自分も関与していたとは、さすがに感じないだろう。

それでいいし、たぶん、そういうものだ。人と人、というか物と物、というか事と事のつながりというのは。そんなふうに、どこかで影響し合う。何らかの意思が働かなくても、時としてそうなる。

遠山那奈さんと楠知和さん。二人に言う。

「すいません。言うのを忘れてました。ご結婚おめでとうございます」

「ありがとうございます」と遠山さんが言い、

「ありがとうございます」と楠さんも続く。

「どうかお幸せに」

「ということですけど。幸せにしてくれます?」と遠山さんが尋ね、

「します」と楠さんが答える。

で、僕は思う。もう幸せになっちゃってますよ。

「ではこれで失礼します。おハガキ、お出ししておきますね」

「お願いします」と遠山さん。

ハガキの束をキャリーボックスに入れてヘルメットをかぶり、バイクを引く。今度は急がない。ゆっくりとだ。そして出入口のところで振り向き、頭を下げる。

遠山さんも頭を下げてくれる。楠さんは片手を挙げてくれる。

バイクに乗り、カギをまわしてエンジンをかける。走りだす。体がちょっと震える。

心までもがちょっと震えたように感じる。寒さのなかにも、暖かさが混ざる。

この日、配達を終えて局に帰ったのは午後四時前。四葉の区分棚のところにいた美郷さんに言われた。

「あさって、四葉は平本くんだよね？」

「えーと、そうかな」

「篠原さんのとこに転入があるよ」

「あ、ほんとに？」

「うん。山村成人さんと皆子さんと海斗さん。海斗さんは、これ、お子さんかな。海斗くん、だね」

そう。お子さんだ。

海斗くん、帰ってくるのか。母親の皆子さんと二人めの父親である成人さんが決断したのだろう。篠原ふささんの希望も聞いて。

四月からは中学生になる海斗くん。小三のときに何度か話しただけの郵便屋を覚えてはいないだろう。配達時に顔を合わせることもないかもしれない。でもそれでいい。氏家民子さんの転出はさびしいが、この転入はうれしい。

転送還付の処理をすませると、今日の仕事は終わり。でも着替える前に、僕はあるところへ行く。あるところ。局長室。

　自ら局長室を訪ねたことは、これまで一度もない。が、今日はしかたない。休憩所で川田局長が来るのを毎日待つわけにもいかない。

　コンコン、とノックをし、はい、どうぞ、の声を聞いて、局長室に入る。

「失礼します」

「あぁ、何だ。平本くん。どうした？」

　局長は局長席に座っている。書類に目を通していたらしい。

「今ちょっとよろしいですか？」

「いいよ。何？」

「あの、これを」

　僕は自分のロッカーから出してきた封筒を川田局長に渡す。

「何だろう。見ていいのかな」

「はい」

　局長はなかに入っているものを取りだす。色紙だ。サイン色紙。

「え？」

「僕からというか、春行からです。どうぞ」

川田希穂さんへ、という文字は読めるが、春行、の文字はかなり崩されている。スター のサインだ。名前の下にはラヴ・アンド・ピースのマークが描かれている。ハートとじゃんけんのチョキ。

「いや、これは」と川田局長。

「やっぱりもらってくださいよ。僕のサインじゃ心もとないです。春行に言ったら、喜んで書いてくれましたよ。笑ってました。秋宏のサインて何だよって。正確に言うと、大ウケです。そのうちバラエティ番組で話すとも言ってました」

「うーん。だけど」

「希穂さんへと書かせちゃったので、つかいまわしもできないですし」

「いいのかなぁ」

「春行と僕があげたいんですよ、希穂さんに。谷さんの妹さんにあげたのと同じです。お聞きする限り、希穂さんはその妹さんと競るんですよ、春行のファンぶりが。だから、どうかもらってください」

「いや、もらってくださいなんて言わないでよ。僕は頂く立場なんだから」

「でしたら、頂いちゃってください」

「ほんとに、いいの？」

「どうぞ。希穂さんにもお伝えください。春行も感激してたと」

「じゃあ、頂きます。ありがとう。うれしいよ。すごくうれしい」

「では失礼します。いきなり押しかけて、すいませんでした」

一礼し、局長室から出る。静かにドアを閉める。

もらってくれてよかった。川田局長なら、断固拒否、もあるかと思っていた。郵便局長に受取拒否をされるのはキツい。

ということで、一つめの贈りものは、どうにか渡せた。成功。

もう一つ。こちらは確実に渡せる。心配してない。

その二つめを渡すべく、僕はロッカールームで着替えをすませ、みつば局を出る。そして十分ほど歩き、目的地に着く。カーサ。カーサみつば。

階段を上り、二〇一号室の前へ。

ウィンウォーン。

インタホンによる応対はなしで、ドアが開く。

メガネありの、たまきだ。

「おつかれ。六時ぴったり」

「うん。ちょうどになるよう、局長室で時間をつぶしてきた」

明日も平日だが、僕は休み。だからこうしてたまきのアパートに来た。なかに上がる。

「メガネをかけてるってことは、まだ仕事？」と尋ねてみる。

「ううん。もう終わり。もっと早くに終わってたんだけど、アキが来るまでは先に進めとこうと思って。そうすれば、明日ゆっくりできるから」

たまきはメガネを外し、仕事用の机に置く。

「じゃあ、もっと遅く来ればよかったかな」

「いいよ。それは意味ないじゃない」

僕は持ってきたものをたまきに渡す。

「はい、これ。おみやげ」

「何？」

「梅こぶ茶」

「梅こぶ茶」

「前にさ、小学校の職員室で飲ませてもらったら、すごくおいしかったんだよね。だから買ってきた。飲ませようと思って」

「ウチ、急須ないよ」

「だいじょうぶ。顆粒タイプだから。お湯を注ぐだけ」

「そうなんだ」

「うん。手間はかからない。そこも気に入った」

「アキさ」

「ん？」

「小学校の職員室で、お茶飲んでるわけ？」

「たまにだよ」

「たまにでも。何かすごいね」

「すごいと思うよ、自分でも。僕がすごいっていうんじゃなくて、郵便屋にお茶を出してくれる先生がすごい」

「せっかくだから、お酒の前に一杯飲もう。梅こぶ茶、おいしそう」

たまきがヤカンでお湯を沸かし、梅こぶ茶を入れてくれる。

湯呑はちゃんと二つある。急須はないのに、ある。ペットボトルのお茶を注いでレンジで温めたりはするから。

熱い湯呑を手に、並んでベッドに座る。

「いただきます」と僕が言う。

「言わなくていいよ。アキが持ってきてくれたんじゃない」

「いや、それは関係ないでしょ。言うよ」

「いただきます」と言って、たまきが梅こぶ茶を一口飲む。「あ、おいしい」

「よかった」と僕も一口飲む。

確かにおいしい。やはり、そうだ。人が入れてくれたものは、何だっておいしい。

「アキはさ」

「うん」

「何かを飲んだり食べたりするとき、必ずいただきますを言うよね」

「あぁ。そう言われれば、そうかも。何かさ、一人のときも言っちゃうんだよね」

「そういうとこ、好き」

「え?」

「え? じゃないよ。聞き返さないでよ、そういうことを」

「あぁ」と言って、笑う。

すぐ隣でたまきも笑う。

みつば第二公園で、僕はたまきに告白した。楠さん同様、休憩中にだ。受け入れられた。奇蹟だ、と思った。

そして今日、遠山さんたちの奇蹟が続いていたことを知った。
僕らの奇蹟も、続かせたい。

この作品は、書下ろしです。
なお、本書に登場する会社等はすべて架空のものです。

# みつばの郵便屋さん　幸せの公園

小野寺史宜

2017年10月5日　第1刷発行

発行者　長谷川 均
発行所　株式会社ポプラ社
〒一六〇-八五六五　東京都新宿区大京町二二-一
電　話　〇三-三三五七-二二一二（営業）
〇三-三三五七-二三〇五（編集）
振　替　〇〇一四〇-三-一四九二七一
ホームページ　www.poplar.co.jp
フォーマットデザイン　緒方修一
校閲　株式会社鷗来堂
印刷・製本　中央精版印刷株式会社

N.D.C.913/267p/15cm
ISBN978-4-591-15607-0
落丁・乱丁本は送料小社負担でお取り替えいたします。
小社製作部宛にご連絡ください。
製作部電話番号　〇一二〇-六六六-五五三
受付時間は、月～金曜日、9時～17時です（祝祭日は除く）。